春の珍事

鎌倉河岸捕物控〈二十一の巻〉

佐伯泰英

時代小説文庫

角川春樹事務所

目次

鎌倉河岸周辺
鎌倉河岸
豊島屋
弁天湯
青物市場
龍閑橋
むじな長屋
彦四郎の長屋
船宿綱定
舘市右衛門屋敷
常盤橋
金座
金座裏
樽屋藤左衛門屋敷
龍閑川
林道場
0
200m
西
南
北
東

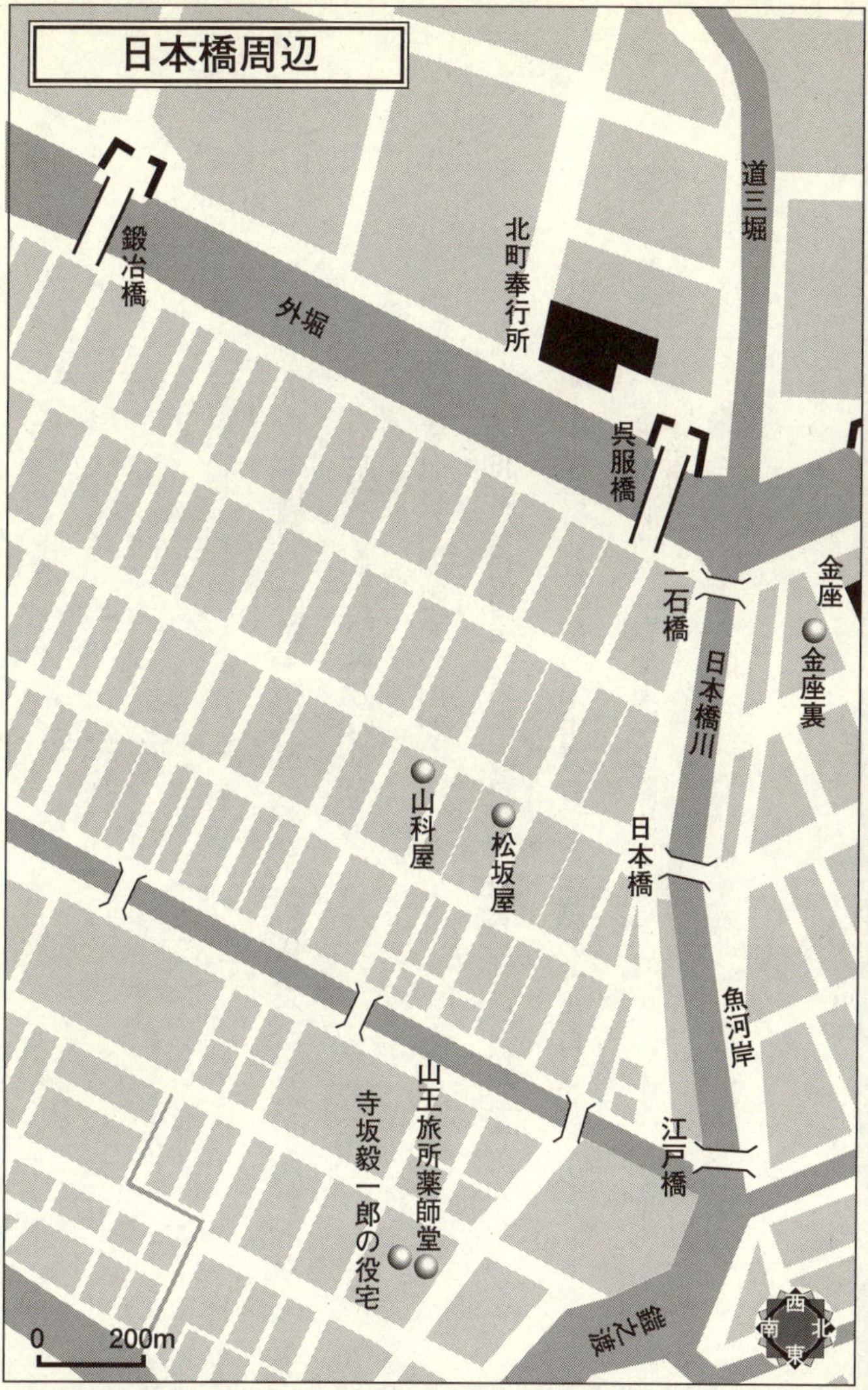
日本橋周辺
鍛冶橋
外堀
北町奉行所
道三堀
呉服橋
一石橋
金座
金座裏
日本橋川
山科屋
松坂屋
日本橋
魚河岸
江戸橋
山王旅所薬師堂
寺坂毅一郎の役宅
鎧之渡
西
南
北
東
0
200m

●主な登場人物

政次……日本橋の呉服屋『松坂屋』のもと手代。金座裏の十代目となる。
亮吉……金座裏の宗五郎親分の手先。
彦四郎……船宿『綱定』の船頭。
しほ……酒問屋『豊島屋』の奉公から、政次に嫁いだ娘。
宗五郎……江戸で最古参の十手持ち、金座裏の九代目。
清蔵……大手酒問屋『豊島屋』の隠居。

春の珍事

鎌倉河岸捕物控〈二十一の巻〉

第一話　菊や

一

江戸は桜の季節を迎えようとしていた。朝晩、寒さも和《やわ》らぎ、陽射《ひざ》しに長閑《のどか》さと明るさが漂って、そんな陽気に誘われてついふらふらと芝居見物やら梅見やらと出歩きたくなる。

そのせいかどうか知らないが、金流しの親分と公方《くぼう》様お許しの金看板を背負って幕府開闢《かいびゃく》以来、江戸八百八町の治安に睨《にら》みを利かせてきた九代目宗五郎《そうごろう》一家の飼い猫菊小僧《きくこぞう》が家出をしてしまった。

そのことに最初に気付いたのは、大所帯を仕切る台所の女衆の中でも一番若いおりだ。

いつも食事どきになると、みゃうみゃうと煩《うるさ》く付きまとう菊小僧の姿がどこにもなく、用意した餌《えさ》の皿を持って、

「菊小僧、菊や、どこにいるんですよ。ご飯ですよ」

と声を張り上げた。

だが、姿を見せる気配がない。

おるりは餌の皿を手に台所付近はもちろんのこと、金座裏《きんざうら》の母屋の一階、政次《せいじ》、しほの若夫婦の離れ屋、前庭、中庭、最後には住み込みの子分たちが寝泊まりする母屋の二階も探したが、どこにも気配がなかった。

この夕べ、町廻《まちまわ》りを終えた政次らも金座裏に戻っていて、平穏無事な縄張り内の報告を宗五郎親分に終えたところだ。

「おい、亮吉《りょうきち》、縄張り内には異変がないようだが、家の中に大事が出来《しゅったい》したようだぜ。おるりの手伝いをして菊小僧を探しな」

親分に命じられた亮吉が、

「えっ、金座裏に戻っても探索か、なんでおれにご指名なんです」

「昔から猫の好物はまたたび、敵は鼠《ねずみ》と決まっていらあ。おめえが打って付けの人選よ」

「ちえっ、半端仕事をおるりめ、つくりやがったな」

口では文句を言いながらも菊小僧を金座裏に持ち込んで飼い猫にした張本人の亮吉

だ、心配そうな顔でおるりに質《ただ》した。

「おるり、ちゃんと探したのか。猫なんぞは人間と違い、押し入れだろうと天井裏だろうと、はたまた屋根の上で日向《ひなた》ぼっこなんぞの芸当ができる生き物なんだぜ。いいか、探索は相手の動きや癖に合わせて、その先を読んで網を張るのがこつなんだよ。おれの勘じゃ、まずまず西日が差す二階の物干し場辺りに香箱《こうばこ》を作って眠りこけているぜ」

おるりが持つ皿には菊の好物の丸干し鰯《いわし》の身をほぐしたものに鰹節《かつおぶし》の削ったものがまぶしてあった。好物を手にしたおるりと亮吉は、二階の廊下から物干し場に出てみたが、物干し場にも屋根瓦《やねがわら》の上にも菊小僧の姿はなかった。

「おかしいな」

「最前からあちらこちら探したんです。それでもいないんです」

おるりが亮吉の物言いに腹を立てたように言うが、

「おるり、おめえの探し方が悪いんだよ」

と、がんとして亮吉は譲らなかった。

物干し場から金座後藤《ごとう》家が占める広い敷地を見たり、本両替町の通りを見下ろしたりしたが、どこにも菊小僧の姿はなかった。そればかりか、どこにも気配すら感じとれなかった。

「おかしいな」

探索が商売の亮吉は首を捻《ひね》った。

「でしょう。私があれだけ菊小僧がいないといっても本気にしないんだから。どこかに出かけたんですよ」

亮吉はおるりの言葉を無視して、残照が差し込む西側に視線を移した。本両替町の通りの向こうに御堀の一部が見えて黄金色に輝いていた。

亮吉は鎌倉河岸《かまくらがし》の八重桜もそろそろ固い蕾《つぼみ》を持つかとふと思った。

「亮吉さん、本気で探しているの」

物思いに耽《ふけ》る亮吉を、おるりが険《けわ》しい口調で詰《なじ》った。

「菊小僧の行きそうなところを考えていたのよ」

「推量がついたの」

「菊小僧はうちに来た時からよ、外には出かけない猫なんだ。いるとしたら家の敷地の中だ」

「私は違うと思うな、これだけ探して出てこないんですもの」

亮吉は考えの対立したおるりを連れて階下に下りた。

「どうしたえ、いたか」

宗五郎が亮吉に声をかけると、

「親分、ただ今厳しい探索の途中にございますよ、しばらくお待ちください。さすればこの独楽鼠《こま》の亮吉が面目にかけて、手妻《てづま》遣いもかくやと驚きの手法で菊小僧を引き出してご覧に入れます」

「引き出すだって、菊小僧の反撃に遭って爪《つめ》なんぞを立てられるんじゃないよ」

おみつに言われた亮吉がおるりを連れて行ったのは、敷地の裏側にある味噌蔵《みそぐら》と呼ばれる建物だ。大店《おおだな》の貴重な品物が保管された蔵のように大きくはないが、一応厚い土壁に漆喰《しっくい》を塗り、瓦で屋根を葺《ふ》いた蔵だった。その名の通りに味噌や漬物や梅干しやら頂戴物《ちょうだいもの》やらあれこれと、保存食や調味料が保管してある建物だ。

「おーい、菊小僧、味噌蔵の主になるつもりか」

亮吉が網戸だけが閉じられた味噌蔵に入り、

「おめえの好物の丸干し鰯の餌だぜ」

と声をかけたが、菊小僧のいる気配は全《まった》くなかった。

「こいつは本気で探さなきゃなるまいな」

「あら、亮吉さんたら、今まで本気じゃなかったの」

「そう言うな。こいつはちょいといつもと違う」

「だから、私が最前から言っているでしょ。少しは真剣になってよ」

若いおるりに言われ、亮吉も本気にならざるをえない。そんな二人の菊小僧捜索に、

「やはり、いませんか」

と若親分の政次が加わり、波太郎《なみたろう》や弥一《やいち》もいっしょになって再び金座裏の内外を探し回ったが、菊小僧は杳《よう》として行方《ゆくえ》が知れなかった。

捜索半刻《はんとき》(約一時間)、捜索隊が居間に戻ってきた。

「おまえさん、こりゃおかしいよ」

おみつがおろおろし始めた。

「うちの菊はさ、容子《ようす》がいいからさ、通りがかりの人間が可愛《かわい》い猫だよなんて言いながら、懐《ふところ》に入れて連れていったんじゃないかね」

「おかみさん、菊小僧は知らない人に捕まるような間抜けな猫じゃないよ」

「だったら、亮吉、どうしていないんだよ」

「そこがおかしいのよ。こりゃ、商売人の手が入ったかな」

「商売人の手ってなんだよ、どぶ鼠」

「だからさ、猫殺しが菊小僧を攫《さら》ったんじゃないか」

「猫殺しだって、うちの菊をどうすんだよ」

「三味線の皮にするんだよ」

「馬鹿野郎、どぶ鼠が、なんてことを考えんだよ」

おみつが本気で怒りだした。

「おまえさん、亮吉じゃ埒《らち》が明かないよ。なんぞ知恵がないかい」

「おみつ、金座裏の九代目に金流しの十手《じって》持って菊小僧探しをやれってか。あいつだって春の陽気に誘われて、ついふらふらと外の暮らしを見にいったに違いねえ。そのうち、どこぞから戻ってくる」

「そんな呑気《のんき》な」

おみつが言っているところに、しほが、

「あら」

と中庭を振り向いた。すると庭石の陰でみゃうと鳴き声がして、菊小僧が姿を見せた。顔の表情はどことなく得意そうであり、興奮の余韻めいたものが漂っていた。菊小僧に新しい出会いがあったのではと、しほは勝手に考えた。

「菊や、どこに行っていたんですよ」

おみつが庭下駄を突っかけるのももどかしげに庭に飛び下りて菊小僧を両腕に抱き

上げ、

「菊や、わたしゃ、随分と心配したよ。おまえがいない金座裏なんて考えられないよ。これからさ、いなくなるときはどぶ鼠をいっしょに連れておいき。あれでも金座裏の戻り途《みち》くらい知っているからさ。菊、おまえが独りで戻ってきたいというんならさ、亮吉はどこぞにうっちゃっといてもいいよ」

頬《ほお》ずりせんばかりに抱き締めた。

「ちえっ、おかみさんは居間にでーんと座っていただけじゃないか。家じゅう探し回ったのはおるりとおれ、それに若親分に波太郎と弥一だよ」

「ただ、ぶらぶら動いていりゃいいってもんじゃないよ、探索はさ。思案が肝心なんだよ」

「亮吉、おるり、ようやった。まさかおみつが菊小僧の一時《いっとき》の失踪《しっそう》に、こうめろめろとなるとは思わなかった」

宗五郎が一件落着におるりと亮吉の苦労を労《ねぎら》った。

「親分、こりゃ、若親分としほさんのやや子が生まれたら菊小僧どころじゃないぜ。やや子のことで夜《よ》も日も明けないな」

「八百亀《やおかめ》、おれもそいつを案じている。生まれる子は男なら、金座裏の十一代目を継ぐことになる、厳しく育てなきゃならねえ。だがな、孫は男であれ女であれ、爺様《じい》、婆様《ばあ》の玩具《おもちゃ》じゃねえや。政次としほの子だ。おみつが余計なお節介やかなきゃいいがね」

「なんですって、孫の面倒をみてどこが悪いんだよ、八百亀」

「ありゃ、おかみさんのお怒りの矛先《ほこさき》がこっちにきたぜ。親分、どうにかしてくんな」

「おみつ、菊小僧も戻ってきたんだ。祝いに酒の一本も皆の膳につけてやれ」

宗五郎が命じて菊小僧騒動はいったん決着した。

ふだん子分たちは台所で夕餉を食べる習わしだ。だが、今宵《こよい》は菊小僧騒ぎがあったということで、神棚のある居間と隣座敷をつないで大所帯の膳がずらりと並び、賑《にぎ》やかな夕餉が始まろうとしていた。とそこへ、

「ご免よ」

馴染《なじ》みの声がして北町奉行所定廻《じょうまわ》り同心の寺坂《てらさか》毅一郎《いちろう》がふらりと独りで姿を見せた。

御用のようでもあり、そうでもないようでもあり、宗五郎も判断がつかなかった。

「おや、夕餉はとっくに済んだ時分と思って面《つら》を出したんだがな」

早速おみつが女たちに命じて膳をもう一つ仕度させた。

大所帯の上に家業が家業だ。膳が一つ二つ増えるなんてことは日常茶飯事《さはんじ》だ。すぐに寺坂の膳が調えられ、

「まあ一杯、寺坂様」

と宗五郎が長い付き合いの旦那の寺坂に酌をして、菊小僧騒ぎの顚末《てんまつ》を語った。

「それで夕餉が遅くなったか。こちらはさ、野暮用《やぼよう》で飛鳥山《あすかやま》まで出かけて金座前を通りかかり、なんとなく小者《こもの》を先に八丁堀に帰して、立ち寄ったのさ。菊小僧様々のお蔭でいきなり酒にありついたぜ」

と寺坂が温《ぬる》めに燗《かん》をされた酒を飲み干し、

「うまい」

と嘆息した。

飛鳥山を往復すればこの陽気だ、喉《のど》も渇く。酒が美味《うま》いはずだと宗五郎も手にした杯の酒を舐《な》めた。

「今年はいい陽気だ。どこへ行っても花見の話で持ち切りだ。上野だ、飛鳥山だ、はたまた隅堤《すみてい》だと桜の名所をどこに行くか、だれもが浮ついていやがる。菊小僧がついふらふらと敷地の外に出歩いたとしても不思議はない」

「桜の満開にはまだ日にちがありますよ。寺坂の旦那、その頃になったら菊小僧、ま

た外歩きをしますかね」

　本気でおみつが寺坂に相談を持ちかけた。

「菊小僧の魂胆な、こいつは人間より見抜くのが難しかろうぜ、おみつさん」

「うちの親分もだめ、寺坂の旦那もあてにならない。どうしたもんかね」

と呟《つぶや》くおみつの傍《かたわ》らには、餌を食べた菊小僧が背を丸めて眠っていた。

「まあ、猫だって相手があって外出するんだろうからな、春の盛りを過ぎないと落ち着かないかもしれないな」

「えっ、菊小僧に女がいるってんですか」

「陽気に誘われただけとは思えないし、最前も言ったとおり、猫の気持ちは猫じゃないと分らないからな」

　寺坂もおみつの真剣さに手を焼いたか、曖昧《あいまい》に言葉を濁した。

「みんながこんなに頼りないんじゃ困っちまうよ、しほ」

　菊小僧が無事に戻って来たというのに、おみつが本気で次の失踪を気にかけた。

「おっ義母《か》さん、今晩、私が首輪をこさえて鈴を付け、その上、金座裏の宗五郎の飼い猫菊小僧ですという木札を付けます」

「しほ、そりゃ、いい考えですよ。男たちは、どうしてしほのように役に立つ知恵が出てこないかね」

「おみつ、悪態も大概にしねえ」

宗五郎の一言で菊小僧騒ぎの話は終わった。


賑やかな夕餉のあと、居間に宗五郎、政次、八百亀に寺坂毅一郎が残った。なんとなく寺坂から話があると思われたからだ。そこで宗五郎が話を誘い出すように言った。

「飛鳥山滝野川《たきのがわ》村には、たしか寺坂様の叔母御《おばご》のご隠居所がございましたな」

「覚えていたか。叔母上のおこう様が縁あって嫁に行ったのが、直参旗本《じきさんはたもと》四百七十石、畳奉行の早乙女《さおとめ》家だ。相手の吉右衛門《きちえもん》様の人柄もよく、三男三女に恵まれ、畳奉行の職は嫡男の清高《きよたか》どのが継いで、ただ今は叔母上と小女下男《こおんな》の四人で滝野川村の小さな隠居所暮らしだ。その叔母上から、御用繁多《はんた》とは思うが飛鳥山に一度足を運んではくれぬかとの手紙が舞い込んでな、それで昼過ぎから御用の合間を縫って、飛鳥山に足を延ばしたってわけだ」

と事情を説明した寺坂が茶碗に手を伸ばした。

「寺坂様、早乙女家になんぞ出来致しましたか」

「ふーむ、最前菊小僧の話を聞いたあとに話し難《にく》いな」

「まさか寺坂の旦那、猫探しか犬探しを叔母御に頼まれましたかえ」

「八百亀、それがしの勤めが多忙だということは百も承知だ。いくらなんでも、叔母上《うえ》もそれはない」

「失せ物《もの》ですな」

「失せ物といえば失せ物かな、いや、やっぱり失せ人か」

「三男三女のどなたかが行方《ゆくえ》を暗まされましたか」

「そうなのだ。次男の芳次郎《よしじろう》と三男の彦三郎《ひこさぶろう》はこのご時世じゃ、生涯部屋住《へやず》みも覚悟したそうだ。そうそう結構な婿養子の口もないからな。そこで三男の彦三郎は武家で生きることに見切りをつけて、麹町《こうじまち》の武具商の婿養子に入り、叔母上の口を借りれば水を得た魚、商いに馴染んでおるそうな」

「となると嫡男か次男坊が姿を消されましたか」

「さすがに嫡男は四百七十石を投げだす度胸はあるまい。嫁も貰《もら》い、子どももいて、畳奉行の職を適当にこなしておられるようだ。普段から清高どのとは付き合いがないでな、従兄弟《いとこ》に会ったことはこれまで数度、法事の席だけよ」

町奉行所の同心を早乙女家では下に見ておるのかと宗五郎は勝手に推測した。

「残るはご次男の芳次郎様でございますか」

「そうなのだ。芳次郎は当年とって二十五歳、御徒組神藤家《おかちぐみしんどう》にうまいこと婿養子に入ることが決まったばかりだ。部屋住みで生涯を終えるよりどれほど幸せかと、叔母はそのことを大層喜んでおったそうな」

「寺坂様、この一件、なんぞ差し障《さわ》りがございますので」

「神藤家の娘の彩《あや》どのは三回目の婿とりなのだ」

「芳次郎様は、三人目の婿養子ですか。先の二人はまたどうして不縁になりましたので」

「一人目は祝言を挙げて半年もせぬうちに木更津《きさらづ》に海釣りに行き、波に攫われて亡くなり、お彩どのは、寡婦《かふ》になった。その二年後に二人目の婿をとったが、やはり一年もせぬ内に屋敷の湯殿《ゆどの》で心臓《しんのぞう》の発作で死んだそうな。それで芳次郎に三番手が回ってきたというわけだ」

「寺坂の旦那、いくらご時世とは申せ、三番手ではね。相手はさ、年上で、醜女《しこめ》で根性悪な女でございましょう。それが嫌さに芳次郎様は祝言《しゅうげん》を前に逃げ出されたのではございませんか」

と八百亀が推論した。そこへお茶を替えにしほが入ってきて、

「八百亀の兄さん、それはなんでも存じあげもしないお彩様を貶《おとし》める言い方でござい

ますよ。お彩様はなにも好きで婿様を取り換えたわけではございますまい、亡くなられたのです。ご不幸なお方です」

と言ったものだ。

「しほさんにお言葉を返すようですが、わっしの考えはやっぱり男が死にたくなるような女にございますよ」

「八百亀、それがな、違うのだ。叔母上の口ゆえ話し半分に受け取ったほうがよかろうとは思う。だが、彩どのは二十二歳とはいえ見かけより若く、稀《まれ》に見る美形、その上、差し出口など一切なく、気性も温順にして、人柄抜群というぞ。それが証拠に芳次郎は一目見るなり、惚《ほ》れ込んだのが叔母の目にも分かったというのだ」

「ほう、わっしの勘がまるで見当違いでしたか。となると、芳次郎様は祝言を前になぜ行方を暗ましたのでございましょうな」

と八百亀が首を捻った。

「政次、どう読む」

「芳次郎様に好きなお方がおられたのではございませんか」

「このご時世、寺坂様の仰《おつしや》るような嫁女《よめじよ》はそう見付からないぜ」

と宗五郎が言った。

「とは思いますが、芳次郎様はこれまで関わりのあった女とお彩様の間で思い悩んだ末に、しばらく時を置かれたなどではございますまいか。とはいえ、私の考えがあたっているとは到底思えません。この話には寺坂様、まだ秘められたことがございますよ」

と政次が言い、

「寺坂様、叔母上様は芳次郎様の行方を突き止めてくれぬかと願われたのでございますね」

「まあ、そういうことだ」

「政次、うちに差し当たり急ぎの御用があるわけではなし、明日は飛鳥山見物に行ってこい」

宗五郎が政次に命じて、その夜の集《つど》いは終わった。

二

飛鳥山は石神井《しゃくじい》川の南岸にある小高い丘であった。山の名は丘陵《きゅうりょう》の地主山と呼ばれる地点に飛鳥明神社が祀《まつ》られていたことによる。元々は滝野川村の一部であり、将軍家が鷹狩《たかが》りをする際の御立場《おたつば》が設置されていた。

寛永《かんえい》十年（一六三三）に幕府は飛鳥山を旗本野間家の地頭林にして、一部を王子権《おうじごん》現《げん》の社領にし、それに伴い、飛鳥明神も王子権現境内《けいだい》に移された。

以後、飛鳥山は石神井川北岸の王子村に属すると考えられるようになった。

飛鳥山を江戸の人々に知らしめた出来事は、八代将軍吉宗《よしむね》の享保《きょうほう》の改革だ。改革の一つとして享保五年（一七二〇）に桜の苗木二百七十本の植樹を行い、翌年にはさらに千本を植えた。桜の植樹とともに躑躅《つつじ》、赤松、楓《かえで》などの増植が行われて、享保十八年ごろになると花の名所として知られるようになり、花見の客を目当ての水茶屋が十軒ほど商いが許され、

「花見なら上野か飛鳥山」

と並び称される花見の名所となった。

菊小僧が小さな騒ぎを起こした翌朝、船頭の彦四郎《ひこしろう》が猪牙舟《ちょきぶね》を仕立て、政次は亮吉を従えて龍閑橋《りゅうかん》際の船宿から女将《おかみ》のおふじに見送られて出発した。その舟の胴の間には格別に手あぶりが置かれ、薄い綿入れまで積み込まれていた。

この夏から秋の季節の変わり目に初産《ういざん》が予想されるしほが同乗していたからだ。

この飛鳥山行の顔触れは昨夜の内に、寺坂毅一郎が金座裏を去ったあとに決まった。九代目の宗五郎が、

「政次、飛鳥山のおこう様はな、寺坂様のお袋様が早くに亡くなられたあと、お袋代わりに幼い毅一郎様を育てられたお方だ、ただの叔母上じゃねえ。寺坂様は、あんな口調だが、それなりに胸ん中ではおこう様のことを案じておられる。まあ、うちも格別な探索を抱えているわけではなし、少し早い花見だと思い、飛鳥山に足を延ばしてこい」

と改めて命じた。すると傍らからおみつが菊小僧を膝《ひざ》に抱きながら、

「おまえさん、こりゃ、御用ともいえない御用だよね」

「それがどうした」

「しほのお腹《なか》がせり出し、だんだんと外に出るのが億劫《おっくう》になるよ。こんな機会だ、いっしょに連れていっておやりよ。気分が変わろうじゃないか。それにさ、私は岩田帯《いわたおび》を用意しているんだよ。飛鳥明神か王子権現でさ、岩田帯のお祓《はら》いを受けるってのはどうだえ」

「ほう、しほを同道な」

「となると徒歩というわけにはいきませんよ。彦四郎に一役買ってもらいましょう。どうだね」

宗五郎とおみつの間で話が進んだ。

「親分、おっ義母さん、御用にお腹の大きな私が同道するのはいかがでございましょう、足手まといになりましょう。寺坂様がお知りになったら、なんだ、金座裏では嫁まで連れて花見がてらに、おれの用かとご立腹なされませんか」

しほが案じた。

「なにもおめえが飛鳥山の崖《がけ》を上がって、滝野川のおこう様の隠居所を訪ねようというわけじゃないんだ。おめえは彦四郎と一緒に王子権現の船着場からさ、王子権現を訪ねて岩田帯のお祓いを受けてきねえ。もう一つ、頼みがないこともねえ」

舅《しゅうと》の親分がしほの危惧《きぐ》を一掃し、そうなると亮吉が宗五郎とおみつの前に膝を乗り出して、

「親分、おかみさん、若親分に使い走りの手先がいるな」

「おめえも行くってか。むじな長屋の三兄弟と豊島屋《としまや》の看板娘の四人が揃い踏みか。まあ、いいだろう」

宗五郎が鷹揚《おうよう》に許しを与えて、政次若親分は女房のしほ、亮吉を伴っての飛鳥山行の舟行が決まったのだ。その政次の手には袱紗《ふくさ》包みの細長いものが携《たずさ》えられていた。

龍閑川から富沢町を抜ける入堀に入り、大川へと出た一行に風もない穏やかな陽射しが降り注いで、頬をなぶる微風がなんとも気持ちがいい。

「しほ、お腹を冷やしてはいけないよ。おっ養母《か》さんの持たせてくれた綿入れをお腹にかけておくんだ」

政次が甲斐甲斐《かいがい》しく面倒をみた。

「あああ、むじな長屋の長兄の政次がこれだ。一方、彦四郎の方には祝言も挙げねえのに、すでにおかなって子供まである。ええええ、鎌倉河岸の関羽《かんう》と張飛《ちょうひ》と呼ばれた偉《い》丈夫《じょうぶ》がこれでいいんかねえ。世は事もなしというけどよ、うちは金流しの十手の御用聞きだぜ。金看板を継ぐ若親分と船宿綱定《つなさだ》の彦四郎がこのていたらくだ。情けねえったら、ありゃしねえ」

舳先《へさき》に体を横たえた亮吉が悪態をついた。

「ふーん」

櫓《ろ》を握った彦四郎が鼻でせせら笑った。

「政次よ、末弟の独楽鼠にたれぞあてがわないとすねっ放しだぜ。おりゃ、内々の祝言しか挙げねえが、亮吉を呼ぶのはよすよ」

「なんだ、子連れの出戻りと所帯を持つのに祝言を挙げるつもりか」

「おかしいか」

「おかしいよ。連れ子どいっしょに祝言か」

「どこが悪い。おめえ、おれが羨《うらや》ましいんだな」

政次、彦四郎、それに亮吉は鎌倉河岸裏の同じ長屋育ち、物心ついたころから仔犬の兄弟のようにくんずほぐれつ育ってきた間柄だ、末弟格の亮吉がきっかけを作るこのような問答はいつものことだ。

「亮吉さん、羨ましいの」

しほに言われた亮吉は、

「羨ましかねえや、ちょっぴり悔しいだけだ」

「亮吉さんにはお菊《きく》ちゃんがついているじゃない」

「しほさんの二代目の豊島屋の看板娘な。未《ま》だ小便くさくないか」

「お菊ちゃんは一人前の娘さんよ。あとは亮吉さんがしっかりとしてくれれば、うまくいくんだけどな」

しほが思わず本音《ほんね》を洩《も》らした。だが、亮吉は意に介した風もなく、

「お菊はおれにほんとに惚れているのかね、しほさん」

こちらは迂闊《うかつ》に言葉を洩らした。

「馬鹿やろう、今の亮吉に惚れる娘がどこにいるか。お菊はおめえの頼りなさを案じて同情しているだけだ」

彦四郎が大きな動作で櫓をぐいぐいと漕ぎながら応じた。

「彦四郎、亮吉を意識しているお菊の気持ちこそ恋心だよ」

「えっ、若親分、お菊がおれに恋心を抱いているって、やっぱりほんとのことか。そうか、そうだったか」

「だから、亮吉さんにはしっかりとして欲しいの」

しほの言葉に亮吉がうんうんと頷《うなず》いた。そして、しほを見ると、

「王子の名物ってなんだえ。おりゃ、若親分の供で滝野川に上がるけどよ、彦としほさんは王子権現でお祓いを受けるだけだろ。お菊が喜びそうなものはねえかね」

「なに、亮吉。自分で買わないで人に頼んで、お菊に土産《みやげ》を用意しようってか。それがいけねえってんだよ、心が籠《こも》ってねえよ。お菊はな、亮吉の真心が欲しいんだ。飛鳥山の蕾の桜のひと枝だっていいんだ、おめえの気持ちが籠ってればよ」

「彦、飛鳥山は桜の名所だ。桜の木、一本引っこ抜いて鎌倉河岸まで運ぼうか」

「馬鹿やろう、八代《はちだい》様の桜を引っこ抜いて、おれの猪牙に積み込もうってか、御用聞きの手先がお縄になっちゃ、話のタネにもならないや」

四人の会話は際限なく続いた。

「政次よ、岩田帯のお祓いはいいが、神主がおれを亭主と勘違いしねえか」

彦四郎がこんどは話の矛先を変えて案じた。

「神様はすべてお見通しだよ」

政次は動ずる風はない。

「岩田帯ってなんでするんだ」

と、こっちは独楽鼠の亮吉が疑問を呈した。

「やや子がお腹にしっかりと定まっているようにするんじゃない」

しほが亮吉に応じた。

「亮吉、岩田帯は、斎肌《いはだ》帯がもとの意味だよ、しほがいうように胎児《ややこ》を護《まも》るために巻く白布で、五か月目の戌《いぬ》の日からする習わしだ」

昔、呉服問屋の松坂屋《まつざかや》の手代《てだい》だった政次が知識を披露した。

「今日は戌の日か」

「いささか違うが神様のことだ、それくらいは許してくれよう」

「そうだな、神様だってよ、一々腹ぼての女すべての面倒をきっちりと見切れないやな。それにしてもこれから陽気が段々とよくなり、暑い夏がやってくらあ。そんな時節、腹に白布を巻き付けるのは大変だ」

「十月十日《とつきとおか》、苦労してお腹で慈《いつく》しみ育てるから、きっと元気な子が生まれるわ」

「彦四郎のところはよ。そんな気苦労はないもんな。嫁がこぶつきだ」

とまた亮吉が話を蒸し返そうとしたが、

「亮吉、なんとでもいえ。おかなはおれの娘として、だれにも後ろ指差されないように育ててみせるからさ」

ふーん、と亮吉が鼻で返答をしたところで彦四郎が、

「寺坂様の御用たあ、なんだ」

と政次に話柄《わへい》を振った。

「うん、ちょいと訝しい話なのさ」

と前置きした政次は、寺坂毅一郎がもたらした話を改めて三人に告げた。

「なにっ、こっちは三人目の婿どのか。二人の婿が祝言を挙げて一年足らずで亡くなるなんて奇妙な話だぜ」

「まさか毒を盛ったということはねえな」

彦四郎の反応に亮吉が早速食いついた。

「一人目は木更津に海釣りに行って波に攫われて亡くなり、二人目は湯殿で心臓の発作で死んだとお医師が判断したんだ。だいいち、お彩様に婿どの二人を殺さねばならない曰《いわ》くとはなんだね」

「若親分、わっしらはそれを調べにいくんじゃねえのか」

「違う。早乙女芳次郎様がお見合いをして、お彩様を気に入った風に見えたにも拘《かか》わらず、婿入りしようという直前になぜ姿を暗ましたか。出来ることなれば無事に早乙女家に連れ戻して、神藤家の彩様と祝言を挙げてもらいたいという寺坂様の叔母上の気持ちに応えるためにわざわざ、こうしてむじな長屋の面々が出張っていくんだよ」

「人探しか。まさか芳次郎って次男坊は面倒に巻き込まれてないよな」

「その辺の事情が全く分からないんだ。母御のおこう様はあるいはご承知かもしれない。そこで私と亮吉が飛鳥山の隠居所を訪ねるんだよ」

分かった、と亮吉が飲み込み、

「おれの考えはこうだ。芳次郎様はよ、あるとき、不意にお彩様がさ、死神に思えたんだよ。おれが婿に入れば、前の二人のように取り殺されると考えたんだな」

と言い出した。

「どうだ、しほさんよ」

「私はお二人のお婿様が亡くなられたのは偶然が重なったことだと思うわ。お彩様は不運な女の人なのよ。だから、お彩様のほうに問題があるんじゃなくて、早乙女芳次郎様のほうにお彩様と祝言を挙げる前に解決しておかなければならない、なにかがあったのよ」

「なにかってなんだ」

「それは政次さんと亮吉さんが調べることよ。ここであれこれと推測しても、なにもいい結果は生まれないわ」

猪牙舟はいつしか浅草寺《せんそうじ》を越え、鐘《かね》ケ淵《ふち》を横目に荒川を遡上《そじょう》していた。

隅田川の両岸に桜が薄紅色の雲を作って彩《いろど》りを添えていた。

刻限は五つ半（午前九時）を回った時分だ。

「しほ、彦四郎、私の勘では滝野川のおこう様の話はそう進展しないと思う。早乙女家のある御弓町《おゆみちょう》を訪ねて、芳次郎様の普段の暮らしを知るところから本式な調べが始まるような気がする。本日は寺坂様の気持ちを考えて、おこう様を安心させるためのご挨拶程度に終わりそうだね。お昼の刻限に船着場で会おう、王子名物の卵焼きを昼餉に食べようか」

「しめた」

と亮吉が手を打ち、

「彦四郎、櫓を手伝うぜ」

と舳先から器用に艫《とも》へと飛んで、六尺（約百八十センチ）を優に超えた彦四郎と五尺そこその二人が並んで櫓を操り始め、船足が上がった。

石神井川王子権現の船着場に彦四郎の猪牙舟を寄せ、

「しほ、またあとで」

「待ってます」

政次と亮吉の二人が、しほと彦四郎と一旦別れたのは四つ（午前十時）過ぎの刻限だった。

滝野川村に向かう二人は、一気に小高い飛鳥山を駆けあがるように登った。すると眼下に今猪牙舟でやってきた石神井川が帯のように蛇行して流れて、その先で、この辺りでは戸田川と呼ばれる荒川と合流する景色が広がり、春おぼろの中に桜の薄紅が点在して望遠された。

なんとも長閑な景色だった。

「さすがにここまでくると清々《せいせい》するな、江戸の町中とは違うぜ」

「花は蕾か二分咲き、満開の季節だとこんな気分にはなりませんよ。こんな桜を見るのも悪くないね」

「若親分、そんなことより隠居所を訪ねてよ、手っ取り早く用事を済ませようぜ。しほさんと彦四郎をあまり待たせてもいけねえや」

「二人を待たせるのが嫌じゃなくて、卵焼きが待てないのじゃないか、亮吉」

「図星だ。この陽気だ、花見の先取りで一杯飲んでいこうぜ」

と言った亮吉が軒を連ねる水茶屋の一軒に飛び込み、早乙女家の隠居所を尋ねた。

「若親分、この先の一本桜の近くだと」

さすがに金座裏で手先として年季を積んできた亮吉だ、たちまち早乙女家の隠居所を聞いてきて自ら案内に立った。畳奉行だった早乙女家の隠居所は飛鳥山の桜の群れから少し離れたところに立つ老桜の大木が目印で、まだその蕾は堅かった。その傍らの竹林の中にたしかに早乙女家の隠居所があった。

「ご免なさいよ」

と亮吉が枝折戸《しおりど》の前から訪《おとな》いを告げると、

「だれかな、戸を開いて勝手に入ってこよ」

と男の声がした。

隠居の早乙女吉右衛門だろう。

「入らしてもらいますよ」

と亮吉が応じて枝折戸を開いた。

人の気配のするほうに回ると、盆栽の手入れをする小柄な老人と、でっぷりと貫禄《かんろく》のある奥方が訪問者に目を向けた。

「おお、さすがに毅一郎どのです。直《す》ぐに金座裏に話を通してくれましたよ」

「おこう、金座裏といえば、家光様以来の金流しの十手の家じゃぞ、われら下手《した》な旗本より格上、歴代の公方様お目見えの御用聞きだ。そなたの甥《おい》風情の命《めい》でそうそう簡単に動くものか」

と袖《そで》なしの吉右衛門がおこうに言った。

「早乙女のご隠居様、私はいかにも金座裏の十代目の政次と申す駆け出しにございます。寺坂毅一郎様には普段からお世話になり、ご指導を仰《あお》いでおります」

政次が笑みの顔で如才なく挨拶すると、おこうがにっこりと微笑《ほほえ》み、

「私はね、そなたが松坂屋に奉公しておるころから承知ですよ。おまえ様、町方などなんの役に立つものかと申されましたな。昨日の今日、こうして金座裏の十代目が滝野川村まで駆け付けてきたんですよ。寺坂毅一郎はなかなか頼りになる甥でございましょうが、認めなされ」

「まあ、こうして金座裏が動いてきたのだ。寺坂の厚意だけは認めなくてはなるまいな」

早乙女吉右衛門がおこうに言い負かされたかたちで認めた。

「ご隠居様、おこう様、私ども、昨夜の内に寺坂様からおよその様子は伺いましたが、もう少し詳しくお話を伺わせていただきたく参上致しました。芳次郎様が御弓町のお屋敷にお戻りにならなくなって、どれほどの日数が経《た》っておりましょうか」

「屋敷から清高が知らせてきたのが五日前、それ以前七日前から姿が見えないとのことでした」

「となると十二日前からお戻りがないのですね。ただ今、お帰りになっておられることはございませんか」

「清高にはともかく芳次郎の動静が分かったら、よきことも悪《あ》しきことも急報せよと命じてございます。二日前に使いがきて、芳次郎は未だ行方《ゆきがた》知れずと知らせてきましたから、その使いを八丁堀に寄らせて、毅一郎を呼んだのが昨日のことです。戻っておれば必ずや屋敷から使いが参ります」

おこうが自らを得心させるように言い、政次が、

「おこう様、芳次郎様がこれまでかようにふらりと屋敷を無断で空けるということがございましたでしょうか」

「若親分、私どもが屋敷におる頃はそのようなことは一度もありません。また私ども

が隠居してこちらに居を移した後、芳次郎がそのような不行跡をするはずもございません。したならしたで清高が知らせてきます。二人の弟を清高は厳しく見守ってきましたからな」

とおこうが答えると吉右衛門が、

「おこう、金座裏から二里も遠出してきた方を庭先で立たせて話でもあるまい。縁側に茶の仕度をなせ、わしも喉が渇いた」

「おお、そうでした」

とおこうが庭から消え、吉右衛門が政次を縁側に案内して座らせた。

三

政次と亮吉が飛鳥山滝野川村から石神井川の船着場に戻って来たのは、九つ（正午）の刻限だった。

「用は済んだか」

彦四郎が二人の友に尋ねた。

「まあ、一応お話は伺った。最初から分かっていたことだが、御弓町の早乙女家に足を延ばさねば埒はあかないね」

「しほ、岩田帯とお道具のお祓いとは済んだか」

と政次が応じて、
と尋ねた。

「はい。護摩を焚《た》き込めた岩田帯を即刻庫裏《くり》の座敷を借りて締めました。なんだか、やや子が落ち着いたようで、私も歩きいいです。お道具も丁寧にお祓いを済ませましたよ」

しほの言葉を聞いた政次が、

「本来なれば私が同道してお願いするところだが、こたびは致し方ない」

と自らに言い聞かせ、さらに話を元に戻した。

「しほ、最初からきつく締め付けてもならないよ。やや子がお腹で窮屈だといけないからね、大丈夫かね」

政次の案じ顔に三人が笑った。

「親ってものは岩田帯一つにまで心配になるものかね。政次はよ、金座裏の十代目をゆくゆくは継ぎ、金流しの十手を親分から頂戴して江戸の悪党どもに睨みを利かせる御用聞きの大看板になるんだぜ。女房の一挙一動におろおろしていてはよ、悪人に付け込まれるぜ」

むじな長屋の末弟の亮吉が文句をつけた。

しほを含めた四人の時は若親分も子分もなく昔どおりの呼び捨てだ。

「それとこれとは別だろう。亭主が女房ややや子に気を配るのは金座裏だろうが、むじな長屋の住人だろうが変わらないさ」

「ならば将軍様も正室から数多《あまた》いる妾《めかけ》まで子を産むのに一々気を配るかえ」

「亮吉、私は公方様になったことがないからね、そんなことまで分からないよ」

「そりゃ、そうだ。若親分や亮吉やおれには妾なんていねえもんな」

「ほしいの、彦四郎さん」

「そりゃ、しほさん、男の」

と思わず答えかけた彦四郎が、

「あぶねえあぶねえ。ついしほさんと思ってうっかりしたことを喋《しゃべ》ろうとしたぜ。ただ今のおれは、お駒《こま》とおかな命だ」

「ふっふっふ」

としほが笑い出し、

「彦四郎、音無川の扇屋《おうぎや》に猪牙を寄せておくれよ。時分どきだから待つことになるかもしれないがね」

政次が王子名物の料理茶屋扇屋に行くように彦四郎に願った。

「若親分、心配めさるな。しほさんと散策代わりに扇屋に立ち寄って座敷を一つ押さえてきた」

彦四郎が猪牙舟を流れに乗せながら答えたものだ。

この界隈《かいわい》の名物は、

「飛鳥山の桜、王子権現、石神井川の蛍、不動滝の滝修行、そして、扇屋の卵焼き」

と相場が決まっていた。

日本橋から二里の場所に四季折々変化に富んだ楽しみがあって、年中王子権現詣《もう》での人々が訪れる。

なかでも慶安《けいあん》元年（一六四八）創業の料理茶屋の扇屋は、石神井川の下流で音無川と名を変えた流れのほとりに総二階建ての建物があって、いつも繁盛《はんじょう》していた。

「ほう、扇屋に彦四郎、顔が利きましたか」

「綱定の名を出してみたらさ、金流しの大親分とご昵懇《じっこん》の船宿ですか、と番頭が聞き返してきやがった。なんでも九代目が若い頃、うちの先代と王子詣でに来てさ、酒に酔った乱暴者を取り鎮めたとか。そんな経緯があってさ、しほさんを金座裏の若女房と紹介したらよ、ただ今売り出し中の若親分のおかみさんでしたか、と下にも置かない扱いだ。そんなわけで二階のよ、流れに臨む座敷に席をとってきたよ」

と彦四郎が一気に説明した。

「それはそれは、九代目と綱定の先代のご威光で、私たちも余禄にあずかりましたか」

と政次が応じて、音無川と名を変えた流れの淵に扇屋が見えてきた。

彦四郎が船着場に舟を寄せて、政次がしほの手を取り、船着場に上がった。するといきなり怒声が響いてきた。

「なにっ、予約じゃと、順番じゃと。われらは直参旗本である。武士は商人、百姓、職人らとは身分が違う。日頃の奉公に免じて眺めのよき座敷を用意致せ」

とすでに酒に酔った風の若い侍、五、六人が店の番頭に難癖をつけていた。なりから見て部屋住みの次男、三男坊と思える面々だ。部屋住みは婿養子の口でもなければ生涯屋敷で飼い殺し、先行きに望みがないからつい同じ仲間と徒党を組んで悪さを働いた。

「お武家様、うちは身分上下に関わりなく予約を頂戴しておりますので、しばらくお待ちくださいまし」

酔っ払いの扱いに慣れた番頭がこちらをちらりと見て、無理難題の連中に言った。

「いかに説明しても話が通らぬぞ。小三郎《こさぶろう》、座敷を見繕《みつくろ》って参れ」

一統の頭分《かしら》が仲間に命じた。その者だけが派手な羽織袴《はかま》だ。この者だけは旗本の主かもしれない、と政次は判断した。

「お武家様、そのようなご無体はお歴々のご身分に障ります。しばしご辛抱下さいまし」

と番頭が小三郎と呼ばれた若侍の前に立ち塞《ふさ》がると、

「どけ、番頭風情が」

といきなり突き飛ばし、足蹴《あしげ》にしようとした。亮吉が飛び出すと、

「お侍さんよ、日中《ひなか》になんて所業だ。四民の上に立つ武士と抜かしたな。いかにも士農工商とおれたちも知らないわけじゃねえ。だがな、そいつはお武家様がちゃんと世の中の理《ことわり》を心得てよ、おれたちの上に立って諸々《もろもろ》の手本になって下さることを前提にしてのこった。ふざけるのも大概にしねえ」

足蹴にしようとした若侍の袖を摑《つか》んで止めた。

「なんだ、おまえは。要らざる口出しをするでない。ちびめ、音無川の流れに叩き込むぞ」

「ほう、面白いね。やってみな」

　この時ならぬ騒ぎをあちらこちらから大勢の人々が見詰めていた。それだけに若侍も引っ込みがつかず、さらにいきり立った。

「がんばれ、独楽鼠！」

　と座敷から亮吉に声がかかったところを見ると、客の中に亮吉の顔見知りがいたようだ。

「おお、ありがとうよ」

　その声に応じた亮吉に頰べたを張ろうと若侍が大きく手を振った。だが、金座裏の独楽鼠は敏捷《びんしょう》機敏で売っていた。ひょいと張り手を躱《かわ》しておいて、相手の股間《こかん》を思いきり蹴り上げた。

「あ、い、痛たたた」

　と尻餅《しりもち》を着いた小三郎の醜態に仲間が逆上した。

「許せぬ」

　政次が彦四郎に、

「しほを頼む」

　と願うと、彦四郎が、

「若親分、念のためだ。お祓いを受けたばかりの道具を持っていきねえな」

と大きな体の背に斜めに落とし差しをしていた紫の袱紗包みのものを政次に渡した。

「まあ、要りますまいが」

と言いながらそれでも受け取り、騒ぎの場に歩み寄った政次が腰を低くして、

「お武家様方、王子は信仰、行楽の地にございます。皆の衆が和気藹々《あいあい》と楽しむ場にございますれば、土地の仕来《しきた》りに倣《なら》ってしばしお待ち下され」

新たな政次の出現に、いきり立った面々が政次を振り返った。

「なんだ、おぬしは。こやつの主か」

「はい、亮吉がつい出過ぎた真似《まね》を致しまして申し訳ないことにございます」

「おもしろい、この場の決着どうつけるな」

と巨漢が政次に詰め寄った。

「決着とはなんでございますか」

「おう、武家がどこの馬の骨とも知れぬちびに股間を蹴られて、あのように苦しんでおるのだ。それなりの治療代を貰おうか」

「お武家様方、それを満座の皆様の前で仰いますか、直参旗本の名が廃《すた》りませぬか」

政次の口調は松坂屋に奉公していたときのまま、丁重だった。

「それに亮吉は馬の骨ではございません。鎌倉河岸の独楽鼠にございますよ」

「ふざけたことを抜かしおるな。奉公人が奉公人ならば、主も大したタマよのう。よい、出すものも出さぬというなら痛い目を見せてやれ」

羽織が仲間に命じ、一統が刀の柄《つか》に手をかけた。このような茶番を演じては金子《きんす》を稼いできたのだろう、手慣れた動きだった。

「出すものを出せとは、金《きん》にございますか」

「小判を五、六枚治療代に貰おう」

「最前王子権現でお祓いを受けてきた金流しの道具をご披露いたしましょうか」

「金流しの道具の披露じゃと」

「へえ、ご一統様がお望みの金にございますよ」

と政次が手にしていた紫の袱紗包みを、
はらり
とほどくと春の陽射しに一尺六寸（約四十八センチ）の金流しの十手が煌《きら》めいた。

「こいつはただの金流しの十手じゃございませんよ。玉鋼《たまはがね》を鍛え上げ、一尺六寸にしたものに金流しの細工は金座の後藤家が職人の仕事でございましてね、三代将軍家光様のお許し以来、代々の公方様にご披露してきた道具にございますよ。あまりご無体を仰いますと、金流しの道具を使うことになりますがね」

政次の諭すような口調に羽織の侍が唸《うな》り、顔を朱に染めた。

勢いづいた客たちが、

「ばか侍、止《や》めておいたほうがいいぜ。金座裏の十代目は、江都《こうと》でも名高い赤坂田町《たまち》の神谷丈右衛門《かみやじょうえもん》道場の高弟だぜ。おめえの錆《さび》くれ刀なんぞ金流しの十手がへし折っちまうよ」

とか、

「よおっ、金座裏の十代目、部屋住みの無法侍なんてよ、音無川に叩き込みな！」

と声が掛かった。

「おのれ」

と刀を抜かんとした羽織を、一統の中でも年長と思える侍が、

「大之進《だいのしん》様、ここはいったん引き揚げるが宜《よろ》しゅうございますよ」

と宥めながら、

「その方らもなにをしておる。小三郎を助けぬか」

と亮吉に股間を蹴られて未だ地面に這《は》う侍を顎《あご》で差した。

わあっ！

と客の間から無法者の退却をあざ笑う叫びが上がって騒ぎが終わった。

政次は金流しの十手を袱紗に包むと手に提げた。

扇屋の番頭が、

「先代の宗五郎親分にもお助け頂き、今また若親分に危ういところをお救い頂きまして、お礼の申しようもございません。ささっ、お席が二階にとってございますよ」

と礼を言われた政次らは案内に従い、二階の入れ込みの大座敷の一角に座を占めた。

「亮吉が張り切るから、こっちも飛んだ宮芝居に付き合わされたよ」

「ご時世かね、近頃あんな手合いが横行しているんだ。先に望みがねえから徒党を組んで悪さして金を稼ごうって輩《やから》だ」

「彦四郎、お武家がそんな真似をするのか」

「ああ、猪牙舟を頼んでよ、どこどこに行け、と命じておいて寂しい岸に差し掛かるとだんびら抜いて、金を出せって脅し盗《と》るのさ。船頭が懐にしている銭なんて知れていらあ。二人組だそうだぜ」

「亮吉、知っていたか」

「いや、初めて聞いた。彦四郎、一件だけじゃないのか」

「川向こうで三、四件続いているそうな。早晩、金座裏の縄張り内でも流行《はや》るな」

「そんなもの、流行らせてたまるものか」

と亮吉が言ったとき、扇屋の主が政次らの席に挨拶にきて一頻《ひとしき》り若き日の九代目の勲《いさお》しを喋っていった。

酒と名物の卵焼きや料理が出て、座がようやく落ち着いた。

「若親分、滝野川村の話はどうなったえ」

彦四郎が飛鳥山まで遠出してきた御用に話を戻した。

「早乙女吉右衛門様は、次男坊が祝言を前に行方を暗ましたことをさほど案じてはおられぬ様子でね、芳次郎に付き合っていた女がいたとしても不思議はない。いささかケチのついた女の許《もと》に婿養子に入りたくなくなったのではないか、と仰った」

「そんなことかね」

と彦四郎が言い、しほが、

「お彩様をケチのついた女などと評されるのはよくありません」

と二人の夫に先立たれたお彩を擁護した。

「寺坂様の叔母御のおこう様が私と亮吉を飛鳥山上まで送って来られた。その折、三男ならば女が一人ふたりいたとしても不思議ではありません。ですが、次男の芳次郎はどちらかというと引っ込み思案の性分、よそに女がいるなどございません、とはっきりと仰るのだ。芳次郎にはなにか格別な理由があったとしか思えないとも言われるのだ。そこでね、私が……」

「……芳次郎様ですが、お彩様をどう思われていたのでございましょうな」

「金座裏の若親分、芳次郎は彩どのに会《お》うたとき、はっとするほど驚いておりました。

それは芳次郎が考えていた二度の夫に先立たれた女という勝手な考えが当たっていなかった驚きだと私は見ました。事実、最初に彩どのに話しかける芳次郎の声は震えておりました」

「おこう様はお彩様のことをどう思われましたので」

「政次さんや、私だって思い描いていた女とはまるで違うのでびっくり致しましたよ。なにより若く、おぼこ娘のように初々《ういうい》しく楚々《そそ》とした美形でね、言葉遣いにも人柄が滲《にじ》み出ておりました」

「倅様の嫁として申し分ないと」

「あれ以上の嫁はございますまい」

「お彩様は芳次郎様をどう見ておられたのでしょう」

「親の私の見方です、半分しか当たっていないかもしれません。でも彩どのも芳次郎の大人しい気性と人柄を気に入ってくれたと思います。それだけに、この話が芳次郎の訝しい行動で壊れるのはなんとも残念の極みでね」

政次はしばし沈思しながら歩いた。

もうそこが飛鳥山の端だった。土手から坂道が下って見えた。

「おこう様はなぜ寺坂様に助けを求められましたので」

それは、とおこうが言葉を詰まらせた。

「芳次郎様がなにか危険な目に遭《お》うておられるのではと考えられたからではございませんか」

足を止めたおこうがしばし思い悩み、

「彩どのと会うた日の帰り途、芳次郎が、ぽつんと彩どのと所帯を持つには、やるべきことがあると洩らしたのです。それで私が、芳次郎、なんぞお彩どのと祝言を挙げる前に後始末があるならば、母がなにがしかなら金子を用意しますと申しますと、母上、と笑って、私にはそのようなお方はありませんと笑ったのです」

「芳次郎様のお言葉、どう考えればよろしいのでしょうか」

おこうはまた考えた。

「おこう様、大事な手がかりのような気がします。どのようなことでも仰って下さいまし」

政次の願いにおこうが頷き、

「いえ、なんの確証があるということではございません。その時、芳次郎の挙動に見たのは、『私の話ではない、彩どののことだ』といったものでした。私が独り勝手に考えたことです。ですが、なぜか芳次郎の表情はそう私に思わせたのです」

「おこう様、お彩様はこたびのこと、ご存じでございますか」

「彩どのには芳次郎は上総《かずさ》の所領地に兄の代理で行って江戸を不在にしておると話してございます」

「私がお彩様にお会いすることは出来ませぬか」

「さあて、それは」

とおこうは返答を迷った。

「……おこう様は若親分がお彩様に会うことを承知したのかい」

と彦四郎が聞いた。

「長いこと迷われた末に、芳次郎とお彩様の為になると考えるなれば、私一人でお彩様と会うことを許す、と答えられたのです」

四

金座の前、常盤《ときわ》橋際で彦四郎の舟から河岸道に上がった政次らの金座裏三人は、龍閑橋際の船宿綱定に戻る彦四郎に、

「またさ、桜が満開になった時分に花見に行こうぜ」

と亮吉が声をかけ、

「花見の季節は船宿の書き入れだ。独楽鼠の誘いに付き合えるかな」

と言いながらも、

「若親分、馳走《ごち》になったな」

と名残《なご》り惜しそうに彦四郎が応じて、手を振って別れた。

金座裏に戻れば、もはやむじな長屋の三兄弟ではない。綱定の船頭であり、金座裏の若親分、手先の身分に戻った。

綿入れを小脇に抱えた亮吉と袱紗包みに扇屋の名物の大卵焼きをぶら下げた政次が金座の前を本両替町の入口へと向かおうとすると、一石《いっこく》橋の方角から手先見習いの弥一が駆けてきた。

「おーい、弥一。血相かえてどうした」

と亮吉が喚《わめ》くと弥一が声のほうを振り見て、

「あっ、若親分にしほさんだ。亮吉さん、た、大変なんだよ」

と叫んだ。

「弥一、往来です。無暗に大声を上げてはなりませんよ」

政次が静かな声音《こわね》で注意した。

御用聞きがいたずらに騒ぐと、通行の人々に大事件が出来したかと思われるからだ。よしんばそうならば人通りのある往来で報告する話ではない。

弥一がはっとしたように気付いて足を緩め、懐から手拭いを出すとごしごしと顔の汗を拭って気持ちを落ち着けた。

「若親分、菊小僧がまた家出したんですよ」

「なんだ、そんなことか」

亮吉があっさりと応じた。

「菊小僧、盛りがつきやがったんだな。昨日同様に腹が空《す》きゃあ戻ってくるよ」

「そうかな」

と弥一が首を捻った。

「いいか、弥一、覚えておけ。色欲が満たされたとなればよ、次は呑み食いと生き物の相場は決まっているものなんだ。それが証《あかし》に吉原の五十間道《ごじっけんみち》から土手八丁の食いもの屋を覗いてみな。直ぐに分かる理屈だ」

まだ見習いの、手先稼業が板についていない弥一に説教を垂れた。

「独楽鼠の兄さん、そんな呑気なことを言っていていいんですかね。おかみさんがダメなんだよ。菊小僧がまたいないってんで、昼過ぎから大騒ぎで、おれたちが町内じゅうを探し回っているんだよ」

「なんだってああ、うちのおかみさんは猫一匹に大騒ぎするかね。世の道理が分からない齢《とし》じゃあるまいし」

亮吉が首を捻り、しほが弥一に聞いた。

「菊小僧が再び姿を見せなくなったのは、いつのことなの」

「若親分たちが龍閑橋の綱定に行かれた頃に、ふうっ、と姿を消したって話なんですよ。それを知ったおかみさんがおろおろし始めたのが昼過ぎのことです。親分が、おみつ、時が経てば戻ってくる、騒ぎ立てるんじゃねえって、注意しなさってもさ、だめなんだよ」

「おっ養母さんがあれほどの菊小僧好きだったとはね」

と政次が首を捻った。

「若親分、八百亀の兄さんらがいつもの町廻りに出かけてよ、おれは金座裏に残ったんだよ。だけど菊小僧が戻ってくる様子がない、おかみさんの不安は増す一方でさ。おれは昨日のことがあるから、菊小僧は外出をしたんだと思い、この界隈を探し始めたんですよ。だけど、どこにもいないや。そのうち、八百亀の兄さん方も戻ってきたんで、最前から大勢で菊小僧探しの最中なんですよ」

弥一が報告した。

「もはや七つ半を過ぎて六つに近いな。半日以上か」

さすがの亮吉もちょっと心配になったか、呟いた。

「弥一さん、ご免ね。私たちたらそんなこととは知らずに飛鳥山でのんびりしてしまったわ」

しほが弥一に謝り、金座裏に急ぎ向かった。

「しほ、おっ養母さんといっしょになって騒がないでおくれ。いよいよ心配しなさるからさ」

しほに追いついた政次が注意し、しほが頷いた。

金座裏の格子戸の前にだんご屋の三喜松《みきまつ》と常丸《つねまる》が何事か話し合っていた。

「兄さん方、若親分ご一行が戻ってきましたよ」

弥一が声をかけて、二人が振り向き、

「すまない。皆に迷惑をかけて」

と政次が半日の不在を詫びた。

「若親分、菊小僧は戻ってくると思うんだがね、おかみさんが神棚の前に座ったりさ、仏間に籠って、なんむだいじへんじょうこんごうと、最前から神仏頼みだ」

三喜松が困惑の体《てい》で返事をした。

「ご免なさい、皆さんにおっ義母さんのことまで面倒見させて、もう大丈夫よ」

しほが格子戸を潜《くぐ》り、

「ただ今戻りました」

元気な声を上げて玄関の敷居を跨《また》いだ。すると広い土間にも稲荷《いなり》の正太《しょうた》や伝次《でんじ》が所在なげにいた。

「お帰りなさい」

二人の手先に頷き返した政次はしほを連れて、まず宗五郎が鎮座する居間に行った。

「親分、遅くなりました」

「おお、戻ったか」

と憮然《ぶぜん》とした顔付きで煙管《キセル》を手で弄《もてあそ》んでいた宗五郎が、ほっとした表情を見せた。

政次は宗五郎に会釈を返すと扇屋からの土産をしほに渡し、自らは袱紗包みを神棚の三方《さんぽう》の上におくと、

ぽんぽん

と柏手を打ち、頭を下げた。そして、長火鉢を挟んで宗五郎の前に正座した。

「親分、菊小僧がまたいなくなったそうで」

「そうなんだ。おみつには騒ぎ立てるなと言い聞かせてあるんだが、菊小僧がもう戻ってこないって思い込んでいるらしくてな。どうにもこうにも駄目なんだ」

しほが仏間の方を見て、おっ義母さんはどこにと宗五郎に尋ねた。

「最前まで仏壇を前にお題目を唱えていたがさ、今は布団をかぶって寝てやがる。始末に困ったもんだぜ」

ほとほと手を焼いたって顔で宗五郎が言った。

「私、おっ義母さんに会ってくる」

しほが台所に行き、女衆に扇屋の卵焼きの包みを渡すと、おみつの寝間に向かった。

政次としほが戻ってきて、焦眉《しょうび》の急を脱したといった様子の宗五郎が飛鳥山滝野川村の様子を尋ねた。

「どうだったえ。寺坂様の叔母上様はよ。まさかあちらはお武家の家だ。倅がいなく

なったとはいえ、おろおろはしていめえ」

「ご隠居の早乙女吉右衛門様はさほど案じておられる様子はございませんが、おこう様は、芳次郎様の行方不明は婿養子の一件にからんでのことではないかと仰って、心配しておられます」

滝野川村の早乙女家の隠居所での面談の様子をこう前置きした政次は宗五郎に報告した。

「ほう、おこう様は芳次郎様自らのことで屋敷を出たのではなく、お相手のお彩様のためになにかを確かめようと姿を消したと言いなさるか」

「はい。漠たる母親の勘のようなものでございますがね」

「母親の勘は意外と的を射ていることがあるからな」

「おこう様に願って、お彩様に会うてよいかどうかお許しを乞いまして、私一人で密《ひそ》かに会うなればということでお許しを得ました」

政次の考えに宗五郎は黙って頷いた。

「ですが、帰りの猪牙の中でつらつら考えますに、まず御弓町の早乙女家の屋敷を訪ね、家人や奉公人に問い合わせるのが先決かと思い直しました。お彩様に会うのはそれからでようございましょう。それに、会うならば私よりしほがいいかもしれません」

　と政次が宗五郎に言った。

「部屋住みってのは銭はねえ、気は使う。だが、芳次郎様の人柄がいいというのなら、ふだんから同情を寄せている奉公人の一人くらいはいるはずだ。まずその辺からあたってみねえ。お彩様にしほが会うのは、それからでいいだろうよ」

　宗五郎が政次の判断を支持してくれた。

「親分、うちの風来坊はどうでしょう」

「外歩きの癖がついたと言えなくもねえ。となれば昨日のようにふらりと戻ってくるような気もする」

「なんぞ懸念《けねん》がございますので」

「捕り方の家で物心つき、人間がどんな風に豹変《ひょうへん》するか見てきた宗五郎だが、猫様ばかりはな、察しがつかねえ」

　と苦笑いした宗五郎が、

「だれにも言ってねえ、むろんおみつに聞かせる話じゃねえ」

　と前置きした宗五郎が手にしていた煙管に刻みを詰めた。そして煙草盆《タバコ》を引き寄せたが火は点けなかった。

宗五郎が政次を正視した。

「おめえたちが龍閑橋に出かけたのが五つ（午前八時）前の刻限か」

「そんなところでございましょう」

「菊小僧はその縁側の陽だまりで寝転がっていたがよ、おれはおめえたちが出かける気配に何気なしに玄関の方角に視線を送っていたと思いねえ。当然ここからじゃ、おめえたちが外出する様子は見えやしねえ。だからさ、ほんの一瞬なんだよ、菊小僧から目を離したのは。おれが眼を縁側に戻したとき、菊小僧の姿は掻《か》き消えていた。だが、その折は菊小僧がどこぞに居場所を変えたと思っただけだ。昼過ぎになって菊がいないって、おみつが騒ぎだし、その時の光景が思い出されたんだ。見てもない景色なんだが、菊小僧がふうっと、陽射しに溶け込むように消えていく姿がさ、おれの脳裏に浮かんできて刻まれてな、残っちまったんだ。最前から振り払おうとしても駄目なんだ、おみつのことを笑えた立場じゃねえ」

「親分、菊小僧はもう戻ってこないと仰るので」

「昨日の今日だ。盛りがついた菊が仲間の猫に会いにいっただけの話と、おのれに言い聞かせているんだが、いったん胸の中に刻まれた考えは消えなくてな」

しばらく居間で宗五郎と政次は顔を見合わせた。

「だれにもいうんじゃねえぜ、政次。九代目も焼きが回ったかと笑われるのがオチだ」

と自らの考えを否定するように言った。

黙って頷いた政次の視線が三方に乗った袱紗包みにいった。

「王子権現でお祓いをしてもらったか」

「私と亮吉は飛鳥山に上がりましたので、しほと彦四郎が代理でお浄めをしてくれました」

首肯《しゅこう》した宗五郎が、

「政次、これから捕物があるときゃ、金流しの十手はおめえが携えていけ」

「親分、隠居するにはいささか早《はよ》うございますよ」

「だれが隠居するといったえ。おりゃ、生涯捕物に関わって生きていてえ。だがな、もう十手振りまわして捕物するのもなんだ。おれや八百亀がおめえら、若いもんの手伝いが出来るとしたら、経験と知恵を頭ん中から絞り出すくらいのことだ。これならば、少々体が不自由でも考えることはできるからな」

「私は親分が生涯現役でおられることを願っております し、そうでなければ困ります。私は松坂屋から金座裏に鞍替《くらが》えした日、死ぬまで御用を務めると心に決めたのでございます」

「おれにもそうしろってか」

「はい」

「分かった。だが、探索も千差万別、金流しの十手も銀のなえしも要らねえ手伝いもあろうというもんじゃねえか」

いつもの伝法《でんぽう》な口調に戻り、宗五郎が応じたとき、しほがおみつを伴い、居間に姿を見せた。

「おみつ、しっかりしねえか。急に三つも四つも老けたようだぜ」

「政次、菊は戻ってくるかねえ」

「おっ養母さん、必ず戻って来ますよ。戻ってこなきゃあ、私が探し出して見せますからね」

政次がおみつを元気付けるように答えていた。

「おっ義母さん、扇屋さんで昔親分に世話になったからって、名物の卵焼きを土産に持たせてくれました。卵焼きを食べて元気を出して下さいな。そうすれば、菊小僧が卵焼きの匂いに釣られて戻ってくるかもしれませんからね」

しほがおみつに言い、

「菊小僧は卵焼きが好きだものね」

おみつもその気を起こした。そこへ台所の女衆頭のおたつが切り分けた卵焼きを居間に運んできて、長火鉢の猫板の上に置いた。

「おかみさん、王子名物を食べて元気を出して下さいな」

おみつはちらりと厚焼きの大卵焼きを見たが、手を伸ばそうとはしなかった。

「それにしても昔話を扇屋は覚えていたもんだな」

「いささか事情がございまして」

しほが扇屋であった騒ぎを報告した。

「なに、二代続けて扇屋の騒ぎを鎮めたってか。それで卵焼きの土産になったのか。おみつ、この卵焼きを食べねえな、必ず元気が出るぜ」

宗五郎が請け合った。

「卵焼きで気分が直るかね、卵焼きがのっかっている猫板に菊小僧がいつも丸まっていたと思うと、卵焼きも喉を通らないよ」

結局おみつは卵焼きに手を出そうとはしなかった。

そそくさとした夕餉になった。

政次は、

「しほ、思い付いたことがあってね、豊島屋のご隠居に会いにいってくるよ」

と恋女房に断り、玄関に向かった。するとしほが、ちょっと玄関先で待っていて、と離れ屋に向かい、玄関に姿を見せると二つ折りにした画仙紙を政次に差し出した。

「なんですね」

「昨夜、寝る前にちょっと悪戯《いたずら》したの」

しほが二つ折りの画仙紙を開くと、そこには、

「飼い猫菊小僧を探しています。行方をご存じのお方は金座裏の御用聞き宗五郎家までお報《しら》せ下さい」

とあって、菊小僧の顔や全身や動きの瞬間が何枚も活写されていた。

「昨夜、遅くまでやっていたのはこれだったのか。しほ、菊小僧がまた家出するって考えていたのか」

「そういうわけじゃないけど、思い付きの悪戯よ。まさかこんなことになるんだったら、描かなきゃよかった。でもこうなった以上、豊島屋の店の中に貼っておいて」

「分かった、そう清蔵《せいぞう》のご隠居にお願いするよ。だが、この絵が役に立たないことがなによりだがね」

政次は言い残すと、金座裏の玄関戸から出た。すると格子戸の前の通りに人影がさ

して、亮吉と弥一が政次を待ち受けていた。

「若親分、独りで菊小僧探しか」

「亮吉、弥一、手伝ってくれますか」

「おかみさんもそうだがよ、おりゃ、親分が心配だ。結構菊小僧の一件、堪《こた》えているぜ」

政次は黙って頷いた。

三人は金座裏のある本両替町の南にほぼ並行して走る北鞘町《きたさや》から猫探しを開始した。

北鞘町は刀剣の鞘師が多く住む界隈で、いわば職人町だ。だが、近頃では出来合いの刀剣を売るお店も混じり、そんな中にまだ戸を下ろしていないお店には政次らが手分けして尋ねて回った。

「なにっ、金座裏では猫探しまでなさるか」

と刀剣屋の備前屋の番頭が呆れ顔で政次に聞き返したものだ。

「ちょいと曰くがある猫でしてね、もし菊小僧と呼んですり寄ってくるようなれば、お手間でしょうが金座裏までお知らせ願えませんか」

「分かったよ、若親分」

また北鞘町には伊勢屋佐助、丸屋儀兵衛の二軒の会席料理屋があったが、この二軒にも裏口から顔出しして、迷い猫菊小僧のことを願った。さらに北鞘町河岸、品川町河岸、さらに品川町、駿河町《するが》とあたったが、もはやどこも店仕舞で、訊《たず》ねるあてがなくなった。

「亮吉、弥一、今晩はこれくらいにしましょうか。最後に豊島屋に立ち寄ってね、行きましょうか」

「しめた、そうこなくっちゃ」

と、なにを勘違いしたか、亮吉が張り切った。

だが、政次はなにも説明せずに鎌倉河岸の豊島屋へと足を延ばした。すると常夜灯に鎌倉河岸の護り本尊のような八重桜が浮かんで見えた。

政次は、しほが困ったことがあると桜のごつごつとした幹に手を置いて祈っていた姿を思い出した。そこで吉宗のお手植えの桜の前に立つと瞑目《めいもく》して幹に掌を押しつけて、

「菊小僧が無事に戻ってきますように」

と桜の精に祈願した。

第二話　失せ人探し

一

政次《せいじ》ら、金座裏《きんざうら》の若い衆の胸中には、

「菊小僧《きくこぞう》のことだ、一晩もすれば戻ってこよう」

という想《おも》いがあった。

だが、菊小僧は一晩を過ぎても戻ってくる気配はなく、二晩が過ぎ、おみつは本式に寝込んだ。

事は深刻である。しほは菊小僧探しの絵を描くことにして、五、六枚が仕上がる度《たび》に、

「猫手配書」

を持った弥一《やいち》らが金座裏界隈《かいわい》の塀などに張って廻《まわ》り、料理屋などに絵を手渡して情報の提供を願ってまわった。

そんな一方で政次は、御弓町《おゆみちょう》の畳奉行早乙女《さおとめ》家を訪ね、次男坊芳次郎《よしじろう》が姿を消した一件の聞き込みを始めていた。

まあ、こちらも事件とは言い難《がた》いものだ。政次は亮吉《りょうきち》だけを従えて本郷に向かった。

この界隈が、

「御弓町」

と俗称で呼ばれ始めたのは、慶長《けいちょう》から元和《げんな》（一五九六〜一六二四）にかけて、御弓組の組屋敷があったことに由来する。

江戸城の鬼門にあたる御弓組組屋敷では、城を災禍から守るために毎日、矢を射て厄除《やくよ》けをしたそうな。ために この御弓町では常に弓弦《ゆづる》の音が響いていたという。

だが、寛永《かんえい》年間、上野に寛永寺が建立《こんりゅう》されたとき、御弓組は目白台に移された。その後、先手組《さきてぐみ》の旗本屋敷などが置かれたが、御弓町の里名は残り、早乙女家もその当時に拝領屋敷を御弓町に頂戴した。

中級の旗本屋敷が集まる界隈は、甲斐庄《かいのしょう》家や内藤家など、敷地の広い所で二千坪余りで、片番所付きの長屋門の早乙女家は七百余坪の敷地があった。

政次が訪れたとき、主の早乙女清高《きよたか》は登城しており、清高の奥方静香《しずか》が政次と会ってくれた。むろん滝野川村のおこうの名を出してのことで、政次は奥に通された。

中庭に面し、縁側があった。

政次は日のあたる廊下に座して静香に挨拶《あいさつ》をすると、

「やはり金座裏の若親分はそなたでしたか」

と相手が言った。

「奥方様、お目にかかったことがございましたでしょうか」

政次はあれこれと思い巡らしたが、貫禄《かんろく》が備わり始めた静香の顔に覚えがなかった。

「いえ、そなたが松坂屋《まつざかや》に奉公されていたとき、母親に連れられて嫁入り仕度を松坂屋に願いに一、二度はお店《たな》にも伺いました」

「迂闊《うかつ》にも気付きませず、失礼いたしました。掛かりは番頭《ばんとう》の佐兵衛《さへえ》さんにございましたか」

武家相手の注文は老練な佐兵衛が受け持つことが多かった。店で商《あきな》うというより誂《ちゅう》文《もん》に応じて屋敷に選んだ反物《たんもの》などを持参した。ゆえに松坂屋の外商いと店の奉公人では顔を合わせる客層が異なった。この佐兵衛も政次が金座裏に鞍替《くらが》えした後、五臓のどこかに岩が見つかり、亡くなっていた。

「いかにも佐兵衛でした。ですが、私の母はでっぷりとした体付きで、あの当時やせっぽちの私は母の背後に隠れるようにしておりましたから、だれの目にも留まらなかったでしょう」

と静香が苦笑いした。

若い女中が茶を供し、ちらりと政次の顔を見て下がっていった。

「だれもが売り出し中の金座裏の若親分に関心がありましてね。そなたは娘らに見られるのは慣れておりましょうな」

「奥方様、とんでもございません。もはや女房もございますれば、秋口には子が生まれます」

「白酒で有名な鎌倉河岸《かまくらがし》の豊島屋《としまや》に奉公していた女衆とか」

「奥方様、なにやらお調べを受けておるのは私のようでございますな」

「若親分、失礼を致しましたな」

静香が鷹揚《おうよう》に笑い、本題に移った。

「姑《しゅうとめ》様が芳次郎どののことで寺坂《てらさか》様に願われましたか。過日、お会いしたとき、そのような口ぶりでしたので予測はしておりました。ですが、まさか公方《くぼう》様お許しの金流しの若親分自らお出ましとは驚きました」

「金座裏とは申せ、町奉行所の監督下で動くのでございます。しかし、寺坂様にこうしてくれぬかとおっしゃられれば、こうして御弓町に伺うことになります。奥方様、芳次郎様の家出になんぞお心当たりはございませんか」

「芳次郎どのがまさか屋敷を出て行かれるなんて夢にも考えておりませんでした。いえね、ある人を通して、神藤《しんどう》家の彩《あや》どのとのお話が持ち込まれ、姑様が張り切られて、相手がそのような履歴の女《ひと》だとしても、ご当人にはなんの罪咎《つみとが》もない。芳次郎とて齢《よわい》はもはや二十五歳、決して若いとも言えず、その上見場《みば》がよいとはいえますまい。いえ、これは姑様の言葉です。傷物同士、似合いです。今時、御家人《ごけにん》の婿養子の口など、そうそうあるものではありませんと、芳次郎どのを連れて、屋根船に乗り合わせたという体《てい》をとり、見合いをなしたのでございますよ。ああ、このようなことは滝野川村で聞かされましたな」

「いえ、おこう様は芳次郎様の身を案じるあまりと、傍《かたわ》らにご隠居様がおられましたゆえ、詳しくはお聞きすることが出来ませんでした。私どもの御用は、人それぞれの考えを伺うのが仕事です。どうか、ただ今の調子でお聞かせ下さい」

政次の応答に安心したか、静香の口調が一段と滑《なめ》らかになった。

「いえね、屋敷に戻った芳次郎どのは上気した様子で、嬉《うれ》しさを隠し切れない表情でしたよ」

「お彩様が気に入られたのですね」

「もう一目惚《ひとめぼ》れです。うちの殿様が、芳次郎は女に慣れておらぬゆえ、相手がどのような顔付きか、人柄か、見分けもつかんに相違ない。芳次郎、そなた、相手は三度目の婿とりというが、おまえも取り殺されるやもしれぬ。それでよいのか、といささか意地悪く言うておりましたが、芳次郎どのはただにこにことしておいででした」

「ならばこの話を進めるにあたり、早乙女家ではなんの差し障りもないのでございますね」

「早乙女家にはございません。姑様も乗り気で、あの彩どのは天女のような人柄です、二人の夫が早死にしたのは偶《たま》さかです。芳次郎には勿体《もったい》ないお相手ですと、話を進めることになったのです。その矢先の芳次郎どのの失踪《しっそう》です」

「奥方様、話が後先になりましたが、義姉上様から見て芳次郎様はどのようなお人柄にございましたか」

「そりゃもう早乙女家の殿方《とのがた》の中でいちばん柔和で温かい心の持ち主にございますよ」

「家禄屋敷を継ぐ主様はあれこれと制約がございますゆえ、格別にございましょう」

「若親分、清高は宮仕え一辺倒の堅物《かたぶつ》といえば聞こえもよいでしょうが、融通の利かない殿様でしてね。三男の彦三郎《ひこさぶろう》どのは長兄のねちねちした小言が嫌さにそうそうに屋敷を出たのです」

と静香がはきはきと言い切った。

「麴町《こうじまち》の武具商に婿入りなされたそうな」

「武家相手の商いに向いていたと見えて、彦三郎どのは器用に三河屋《みかわや》の暮らしにすっかり慣れて、羽振りも兄弟の中でいちばんようございます」

「お三人の兄弟仲はいかがです」

「長兄と末弟は反《そ》りが合いませぬ。次男の芳次郎どのがなにかあると二人の間に立って損ばかりしておいでです」

「奥方様、芳次郎様からなにか相談をお受けになられませんでしたか」

と政次が聞いた。部屋住みの芳次郎が、なにか相談するとしたら兄嫁しかあるまいと考えたからだ。

「ございました」

「やはり、ございましたか」

静香は茶碗を手にすると茶を喫した。

「お見合いから二、三日過ぎた頃、芳次郎どのが私の部屋に来られました……」

「芳次郎どの、どうなされた」

「義姉上、神藤家の彩どのの一件じゃが、それがしのこと、彩どのはどう思うておられよう」

「仲人《ちゅうにん》の口ぶりでは彩どのも満更《まんざら》ではないと聞きました。そのことは芳次郎どのも承知でしょうに」

「本心であろうか」

静香は義弟を正視した。念押しの意が腑《ふ》に落ちなかったからだ。

「彩どのにその気がなければ、当然仲人からそのような申し出があってしかるべきです。あの日から三日が経《た》ち、互いが話を進めることで得心しているはずです。なんぞご懸念がございますか」

「それがしにあろうはずもない」

と答えた芳次郎になにか心配事があることを静香は感じとっていた。

「芳次郎どの、このお話、進めてよいのですね。そなたなれば二つの不幸を乗り越えて、神藤家のために新たな婿取りを願う彩どのの力強いお味方になれるはずと義姉は信じております」

神藤家では彩の他に十四歳の妹が一人いるだけだ。御徒組《おかちぐみ》百七十俵七人扶持《ぶち》神藤家の存続のためには、彩が婿をとる要があったのだ。

「義姉上より兄上にもお願いして下さい」

芳次郎の言葉に首肯《しゅこう》した静香が、

「芳次郎どの、私はそなたが十六のころからみております、実の弟同然と考えております。ゆえに、そなたが本心を私に吐露してくれたと思うております。ですが、同時にそなたの胸中になにか不安があるような気がしてなりませぬ。それはこの義姉にも言えぬことですか」

と質《ただ》した。

「義姉上、それがしが神藤家に入るについて、いささか懸念がございます。ですが、これは彩どののことでも、それがしのことでもございません。ただ、気にかかるゆえに確かめようと思うておるだけです」

「芳次郎どの、静香にも話してくれませんか」

「義姉上、それがしを信じて最後の我《わ》が儘《まま》をお許し下さい」

芳次郎は頑迷に胸の不安を静香にも告げなかった。

「奥方様には芳次郎様の懸念が推量できませぬか」

「芳次郎どのが屋敷から姿を消したのは、私にそのような相談をなした翌日のことでした。ゆえに、あの折の芳次郎どのの言葉を何度も繰り返し思い出しましたが、どうにも見当もつきませぬ」

「翌日と仰いましたが、芳次郎様のお部屋に変わったことはございませんでしたか」

「二人の兄弟と異なり、芳次郎どのの座敷はいつもきちんと整理されておりました。最初、滝野川村に参られたと思うておりましたゆえ、あまり気にも留めませんでしたが、滝野川から姑様が出てこられて芳次郎どのの失踪が判明し、姑様と部屋を改めました。ですが、実にきちんとして、いつもどおりにございました」

「屋敷を出られた折、金銭はどれほどお持ちでございましょうか」

「うちの殿様は吝嗇《りんしょく》でございまして、芳次郎どのに下女の給金ほどのものしか渡されませぬ。私が時折、一朱か二朱をお渡しすると、実に嬉しそうな顔をしておりました」

「となると金子《きんす》を持っていらしたとしても精々一、二両でしょうか」

「道楽は盆栽です。わが庭には芳次郎どのが丹精する盆栽が何十鉢もございます。いえ、何両もするようなものではなく、植木市で五、六十文から一朱ほどの品をさらに値切って買ってきたものを、丁寧《ていねい》に慈《いつく》しんで育てておられるのです。安い鉢物とはいえ、殿様が渡すわずかな金銭は盆栽に消えておりましょうから、ふだんの財布の中身は一分《ぶ》と持ち合わせていなかったと思います」

屋敷を芳次郎が出て十数日が過ぎており、一分の持ち金では財布はとうに底を突いていようと政次は思った。となるとどうするか。芳次郎は慎重な気性だった、思い付きで行動する人間ではないと思われた。

「芳次郎様に親しい朋輩《ほうばい》はおられましょうか」

「なにしろ道楽が盆栽でございますからね。朋輩といっても」

と首を傾《かし》げていた静香が、

「剣術仲間の小田切聡《おだぎりさとし》様くらいかしら。旗本御小十人《こじゆうにん》組頭《がしら》の三男坊で、こちらは役料がそれなりにつくとか、小田切様の身なりもうちとはまるで違います」

静香が羨《うらや》ましそうに言った。そして、

「ああ、そうだ。私と話した後、芳次郎どのは小田切様と会われたかもしれません。その夜、五つ（午後八時）過ぎに戻ってこられた芳次郎どのは、義姉上、断りもなしにすいません、夕餉《ゆうげ》は済みました、と私に詫《わ》びられたのです。その折、酒の匂《にお》いがしておりました。酒を飲む相手がいるとしたら、まず小田切様くらいしか考えられません」

「芳次郎様は剣術の修行をしておられましたか。道場はどちらです」

「本郷元町にある太子流中林《なかばやし》道場です、なんでも会津藩に伝わってきた剣術とか。三日に一度は通われて汗を流しておられます」

「小田切様とはこの中林道場の同門なんですね」

政次の問いに静香が頷《うなず》いた。

「小田切様のお屋敷はどちらにございましょうか」

「本郷菊坂《きくざか》町だと聞いておりますが、それ以上のことは存じません」

政次は、しばし静香の話を整理した後、

「芳次郎様は、話を聞くだに、思慮深く慎重に行動をなさるお方と思います。なにかどうしても確かめたいことがあった故にお屋敷を出られたのでございましょう。黙っていてもお戻りになるような気が致します。ですが、おこう様が案じておられることを考え、この足で小田切様に会《お》うてみたいと存じます。奥方様、この考え、いかがにございますか」

「金座裏の探索に間違いがあろうとは思いません。芳次郎どのが屋敷に戻り、彩どのと所帯を持つことができるように、気遣いだけはお願い申します」

お彩に会うのは最後の最後だと政次は決めた。

「奥方様のお言葉、胆《きも》に銘じて小田切様にお会いします」

静香がこんどはしばし沈思し、

「彩どのはいつまでこちらの返答を待ってくれようか」

と呟《つぶや》いたものだ。


政次は長屋門で門番らと談笑していた亮吉に、

「待たせたね」

と言葉を掛けると御弓町から南に、神田川に向かって歩き出した。

「用は足りたかえ」

「義姉上の静香様にあれこれと打ち明けていた。これから剣術仲間の一人に会おうと思う」

「小田切聡様か」

「門番から聞き込んだか」

「肌合いはまるで違うようだが、この小田切様って部屋住みとは仲がよかったようだな。芳次郎様が屋敷を出て、四、五日したころに、芳次郎は戻ったかと尋ねにきたらしいぜ」

「ということは、小田切様は芳次郎様が屋敷を離れることを承知していたということになるな」

「そういうことだ」

政次は足を速めて本郷元町の太子流中林道場へと向かった。

「えっ、こんなところに剣道場があったか」

亮吉が政次から話を聞いて小首を傾げた。だが、政次は小気味のよい竹刀《しない》の打ち合いの音に耳を傾け、構えは小さいが稽古《けいこ》はそれなりに厳しい道場と判断した。

「ご免なさいな」

亮吉が訪《おとな》いを告げると、十七、八の若侍が出てきて、

「どおれ」

と二人を見た。言葉遣いに訛《なま》りが残っていた。

「こちらのご門弟に小田切聡様がおられますね、本日は道場におられますか」

「その方らは何者だ」

「これは失礼を致しました。私は金座裏の宗五郎《そうごろう》一家の駆け出しの政次と申します」

「なに、町方が小田切様に用か。ふーん、こんどは小田切様、なにを仕出かしたのだ」

若侍が呟くところに顔から汗を流した武士が出てきて、

「小太郎《こたろう》、余計なことは言わんでよい」

と怒鳴った。こちらは二十代半ばか。

「この者たちは金座裏の宗五郎一家の若い衆らしゅうございます。小田切様はやくざ者と知り合いですか」

「小太郎、そなた、金座裏がなにかも知らぬのか」

「会津から出てきて一年半、江戸はよう知りません」

「威張るでない。この仁《じん》は幕府開闢《かいびゃく》以来の十手《じって》持《も》ち、金流しの十代目の親分になる人物よ。町人とはいえ将軍様お目見えの家柄だ。この界隈の御家人を十把《じっぱ》一《ひと》からげにしてもお目見えは許されまい」

「へえ、江戸では十手持ちが偉いのですか」

「金座裏は別格だ。その上、政次若親分は赤坂田町《たまち》の直心影《じきしんかげ》流神谷《かみや》丈右衛門《じょうえもん》道場で五指に数えられるほどの腕前だ。小太郎、会津の在所訛りを若親分の指導で削《そ》ぎ落としてもらえ」

と言った。

「小田切聡様にございますな」

と政次が伝法な武家に尋ねた。

「いかにも小田切だ。それがしになんの用があるか知らぬが、若親分、まず道場に通れ。話はそれからだ」

小田切が政次と亮吉を道場へと強引に誘《いざな》った。

二

政次は道場に入る前に狭い入口の床に座して一礼し、

「お稽古中、お邪魔致します」

と丁寧に断って道場に通った。

広さは六十畳ほどか、見所《けんじょ》もなければ門弟の控える高床もない。壁の一面に神棚が設《しつら》えられ、

「南無《なむ》八幡大菩薩《はちまんだいぼさつ》」

の八幡神を奉る掛け軸が下げられてあった。

政次と亮吉は神棚に向かい、拝礼して道場を眺めた。

二十数人の門弟が稽古をしていたが、なかなかきびきびとした動きだった。一方、神棚の下に座布団を敷いた上に、ちょこんと老人が座り、門弟衆の動きに目を光らせ

ていた。薄くなった頭髪は白髪《しらが》交じりで、団子のような小さな髷《まげ》が後頭部にちょこなんと乗っていた。

老剣客は道場主の中林だろう。

その前に小田切が畏《かしこ》まり、何事か報告していた。政次らの来訪を告げているのだろう。その様子から門弟たちが師匠の中林を敬愛し、師も門弟の稽古を熱心に指導していることが窺《うかが》えた。

不意に中林の眼差《まなざ》しが政次らに向けられた。

「ようお出《い》でなされた。うちに金座裏の若親分が見えるなど、道場創立以来の珍事じゃ」

その言葉に北国の訛りが残っていた。小太郎と同じように会津の出であろうかと、政次は推測した。

「わしが中林源太左衛門《げんたざえもん》じゃ」

「金座裏の駆け出し、政次にございます」

首肯した中林が、

「うちはそなたが通う赤坂田町の神谷道場と異なり、見てのとおり小さな町道場でな、師匠と門弟が和気藹々《あいあい》と稽古を楽しんでおる場だ。どうだ、若親分、汗を流していかぬか。それとも御用ゆえそのような真似《まね》はできぬか」

と老剣客に乞《こ》われて政次は、

「中林先生、私の剣術はお武家様の修行と違い、捕り物に少しでも役に立つようにと、神谷丈右衛門先生がお許しになられたものにございます。そこで他の門弟衆の邪魔にならぬように道場の片隅で木刀をただ振り回しているだけの、真似事剣術にございます」

「そなた、金座裏には呉服屋の奉公人から転じたという異色の人物じゃそうな。金座裏の宗五郎親分の眼鏡《めがね》に叶った者が、真似事剣術などで茶を濁すものか、また神谷先生もお許しになるまい」

「お言葉恐れ入ります。中林先生、私のほうからお願い申します。どうか太子流の稽古をつけて下さいまし」

「おお、そうか。年寄りの我が儘を許してくれるか。うーん、うちには着替えの間もなければ、稽古着の備えもないが、そなたならば羽織を脱いだだけでよかろう」

中林が政次に言い、頷き返した政次は背に斜めに差し落としていた金流しの十手を抜いて亮吉に渡すと、羽織を脱いだ。縞《しま》模様の地味な袷《あわせ》の下には股引《ももひき》が穿《は》かれ、袷の裾《すそ》が帯に小粋《こいき》に絡《から》げてあった。

改めて神棚に拝礼すると小太郎が、

「若親分、竹刀で宜《よろ》しいか」

と一本の稽古竹刀を持参した。

「お借り致します」

いつの間にか稽古をしていた門弟衆が壁際に下がって座し、師匠を注目していた。

「若親分は小田切に用があるそうじゃな。ならば、そなたが若親分の稽古相手を務めよ」

と師匠に命じられた小田切が、

「師匠、ご指名有難うございます。それがし、過日一度だけ赤坂田町の神谷道場に見物に参りましたが、あまりの道場の広さと大勢の門弟衆の稽古の熱気に圧倒されて、まともに見物するどころか、すごすごと戻って参りました。本日は思いがけなく門弟の一人、金座裏の若親分と稽古できます、嬉しいかぎりです」

と如才のない口調で言った。

この道場は師匠も門弟もよう喋《しゃべ》り、屈託がない。

「その折、このご仁の稽古を見たか」

「師匠、無理でございますよ。格子窓からちらりと覗《のぞ》いたが、うちの十倍ほどの門弟衆が凄《すご》い勢いで打ち込み稽古をしておられた。だれがだれやら、全く見分けなどつくものですか」

ふーむ、と中林が感心し、

「そなたでは物足りぬかのう」

と首を傾げた。

「いえ、とは申せ、太子流中林道場の面目にかけて、恥を搔《か》かない程度の相手は務めてみせます」

小田切が張り切り、

「若親分、願おう」

と政次に声をかけた。政次は竹刀を右手に提げて立ち上がり、

「小田切様、お手柔らかに」

と応じて道場の真ん中に進み、小田切と会釈し合うと神棚に向きを変えて改めて拝礼し、両者が向き直った。

「いざ」

小田切が正眼《せいがん》に竹刀を構え、

「お願い申します」

政次も中段の構えに竹刀を付けた。

小田切は身丈五尺七寸（約百七十三センチ）か、政次が四寸以上高かった。その六尺を優に超えた身丈の政次の背がぴーんと伸びて、竹刀の切っ先が相手の目に向けられると、小田切が一瞬硬直したように固まった。

「これはいかぬ」

と呟いた小田切が、

「失礼をば致す」

とその場で五体を解《ほぐ》す体操をなすと、

「お待たせ申した」

と改めて正眼に竹刀を構え直した。短い動作の間に小田切は先《せん》の先《せん》を選んだらしく、

「えいっ」

と気合を発すると間合を詰めて、伸び上がるようにして政次の脳天に面打ちを送り込んできた。

不動の姿勢の政次は小田切の動きを読み切っていた。振り下ろされる竹刀を中段の構えの竹刀が翻《ひるがえ》ると、
ぽーん

と弾《はじ》いていた。すると小田切の体が横手に流れた。

「おっ」

と驚きの声を洩《も》らした小田切が必死で体勢を立て直すと、崩れた構えから小手《こて》打ちを放った。だが、それも政次に弾かれ、小田切は二の手、三の手と波状攻撃を仕掛けて、政次の不動の姿勢を崩そうと試みたが、息が上がってきたのは小田切だった。

「止《や》め」

と中林源太左衛門の声が響きわたり、小田切が弾む息で下がった。

政次は対峙《たいじ》したときの位置を変えていない。

「予測はしておったが、ひどいものじゃな。軍鶏《しやも》が虎の周りを無暗に飛び跳ねておるだけで虚仮《こけ》おどしにもならぬ」

「師匠、不肖《ふしよう》小田切聡、本日は体調芳《かんば》しくなく、太子流の看板に恥を掻かせて仕舞い、申し訳なく存じます」

「そなたの巧言令色はもうよい。そうじゃな、恥の上塗りかもしれぬが、椚田《くぬぎた》加門《かもん》、そなたが若親分と立ち合《お》うてみよ」

と座した門弟衆の中から、もう一人を指名した。

「はっ」

と立ち上がったのは四十年配の武士で、額は面ずれで禿《は》げ上がっていた。かなりの年季が入った門弟ということになる。

「若親分、橡田はうちの師範《しはん》にござってな、備後《びんご》福山藩の家中《かちゅう》の変わり者じゃ、小田切よりは少しは骨応《ごた》えがあろう」

中林の言葉に送られた橡田は五尺五寸か、いかつい体付きで足腰もしっかりと道場の床を捉《とら》えて安定していた。

「橡田様、ご指導下さいまし」

「若親分、赤坂田町の直心影流の片鱗《へんりん》なりとも見たいものじゃ」

橡田もまた屈託がない。対決に際して武張《ぶば》って構えるところがなく、自然体の稽古が身についているのか、だれもが素直なのだ。

政次はこのような道場も悪くないなと、ちらりと思った。だが、橡田と対峙したとき、雑念を脳裏から振り払い、眼前の橡田加門との対戦に集中した。

互いにしばらく不動のままに睨《にら》み合い、政次より低い背丈の橡田の腰が、
すいっ
と下がった姿勢から正眼の構えが突きに変じて、流れるような動きで不動の政次の喉元《のどもと》に竹刀が伸びてきた。

政次は動かない。引き付けるだけ引き付けておいて、鋭くも伸びてくる竹刀を払った。むろん橡田もそのことは想念にあったらしく、流れる竹刀を反転させて長身の政次の腰から胴へと強烈な攻めを放った。だが、長身にして手足が長い政次は懐の深い利点を存分に使って弾き返し、飛び下がる橡田の肩口を叩いていた。

だが、橡田もまたその反撃を予想したらしく体を捻って、竹刀の芯が当たるのを避《よ》けた。

間合半間《けん》で再び対峙した。

こんどは阿吽《あうん》の呼吸で互いが踏み込み、仕掛けた。

橡田は政次の胴を狙《ねら》い、政次は面打ちで応じた。

見物の門弟の目には相打ちか、と映った。

だが、橡田の胴打ちが届く前に政次の面打ちが橡田の動きを止めて、橡田は動きの途次、体をふらつかせてその場に尻餅《しりもち》を着いた。

政次が、さあっ、と竹刀を引いて対峙の場に下がった。

橡田が床に起き上がると顔を二度三度振り、胡坐《あぐら》を搔いたまま、

「師匠、通じぬ」

と、あっけらかんと言った。

「あれでは通じぬな、うちの稽古が手緩《てぬる》いかのう」

師匠の方も首を捻ったが、格別深刻な様子はない。

「椽田、武士の剣術は道場剣法に堕しておる。それは神谷道場とて同じであろう。むろん数多《あまた》の剣術自慢が集まる神谷道場とうちではその様相はまるで違おう。金座裏は、幕府開闢以来、公方様お認めの御用聞きとして、代々の親分が修羅場を潜ってきた。この若親分とて、呉服屋の手代から宗五郎親分の手引きで実戦の場を経験してきたのであろう。得難い経験と神谷道場の稽古が相俟《あいま》って、この若者が神谷道場の五指に数えられるようになったのであろうな」

と中林源太左衛門が言い切った。

半刻（約一時間）後、政次と亮吉は小田切聡を伴い、神田明神《かんだみょうじん》の境内《けいだい》にある茶店で名物の甘酒を飲んでいた。

「若親分、手間をとらせたな」

「小田切様、私にとっても中林源太左衛門先生との出会いは貴重な機会にございました。中林先生の挙動の中に剣術の奥義を垣間見《かいまみ》た気持ちにございます。失礼を承知で申し上げますが、小田切様も早乙女芳次郎様も、よき師に巡り会われました。江戸に数多剣術の指南所がございますが、技を教えても、心を自らの生き方で伝授する道場はそうございません」

「そうなのだ。われら、中林先生の人柄に絆《ほだ》されて稽古に通っておるのだ」

と政次の言葉に応じた小田切が、

「やはり若親分の用件は芳次郎か」

「はい、いかにもさようです」

政次は実母のおこうが芳次郎の行動を案じていることから、金座裏が手を貸すことになった経緯を告げた。その話を聞いた小田切が、

「あいつ、義姉上にも事情を説明せずに屋敷を出たのか」

と呟いた。

「小田切様は芳次郎様の失踪の原因を承知なのでございますね」

「およそのところは」

と答えた小田切が甘酒を手にして、

「あまりに帰りが遅いので、それがしもいささか案じておる矢先なのだ」

「小田切様、お話し下さいますか。このこと、金座裏は御用で動いておるわけではございません。芳次郎様がお彩様と幸せになるならばと考えておるだけです。都合悪き

ことは神藤家にも、事の次第では早乙女家にも報告しないつもりでございます」

「相分かった」

小田切が手にした甘酒を飲んだ。

「一年半余前、中林道場の仲間五人と大山詣《もう》でに行ったのだ。それがこたびの芳次郎の旅につながっておる」

「大山詣での最中、変事に出遭いなされましたか」

「変事というわけではない。若い者の道中だ、大山詣での後に江の島に回り、その夜、一夜、島の中の旅籠《はたごしまや》島屋助三《すけぞう》方に泊まったのだ」

「一年半前と仰ると、季節は秋ですか」

「そう、江の島の海は秋色でな、島にもそう泊まり客はおらなんだ。われら、旅籠の番頭に頼んで、遊び女《め》を呼んだのだ。若親分、誤解をせんでくれよ、われら五人ともに部屋住みの身分、江戸におっても吉原どころか、四宿《ししゅく》の遊び場に通う金など持たされておらぬ。その折は、五人のうちの一人が婿養子の口が決まって、上総《かずさ》の代官領の手代に決まったゆえ、別離の旅を兼ねておった。そんなわけで日頃、溜めておった金子で遊び女を呼んだのだ。海の季節も終わり、江の島には客がそうおらぬこともあって、われらのところに若い女が来てくれ、一夜を共にしてくれた」

「芳次郎様も相方がおられたわけですね」

「芳次郎とて朴念仁《ぼくねんじん》ではないからな。付き合いを断る人間ではないわ。さて問題はここからだ」

「芳次郎様はその相手の方が気に入られた」

「芳次郎はわれらに言わなかったが、その夜、初めて女と同衾《どうきん》したと思えた。相手の娘もなかなかの美形でな、朝、出立の時まで芳次郎は部屋から出てこなかったほどだ」

「芳次郎様は一夜の相手に恋されたのでしょうか」

「まあ、そんな様子であった。だがな、若親分、江戸に戻れば、あいつはおのれを殺す術《すべ》というか、立場を心得た人間だ、それが部屋住みの暮らしなのだ。だから、屋敷の金を持ち出して江の島に走るなんてことはしておらぬ。一夜の出来事を思い出に、この一年半を生きてきたはずだ」

政次は江の島の思い出がこたびの芳次郎の行動にどう結びつくか、分からないでいた。

「若親分、差しでがましいが話をしていいかい」

と亮吉が言い出した。

「小田切様、いかがにございますか」

「この先を推量するというか、申してみよ」

「へえ、早乙女芳次郎様に婿養子の口がほぼ決まりかけた。そこで小田切様方が仲間のために大山詣で、江の島巡りの旅を為《な》されたように、こたびも独り旅をして、独り身の暮らしに決着を付けたかったのではございませんか。芳次郎様は江の島に一年半前に一夜を共にした女に会いに行ったのでございますね」

「そなた、名は」

「亮吉にございます」

「亮吉、半分当たっておる」

「と仰いますと」

亮吉の反問に小田切はしばし残った甘酒を見ていたが、

「こたび見合いした相手な」

「神藤家の彩様にございますか」

「おう、二人の婿どのが次々に早死にした後家《ごけ》となった、江の島の遊び女が瓜二《うりふた》つというのだ」

政次も亮吉も、思いがけない展開に言葉を失った。

「芳次郎は最前も申したが、われらの仲間の中でも格別に女との付き合いのない男だ。女を見れば、すべて天女に見えるのかもしれぬ。だが、妻にする女と一年半も前、一夜同衾した女が瓜二つということがあろうか」

小田切が疑問を呈するように言った。

「小田切様、芳次郎様は江の島にそのことを確かめに行かれたのでございますね」

「若親分、そういうことだ。だが、早乙女家の当主は吝嗇ゆえな、芳次郎は路銀も十分に持っておらぬ。そこで、それがしが一両ほど用立てた」

「お手持ちの金子と併《あわ》せ、一両二、三分ってところですか」

「もう少し少なかろう。ゆえに江の島往来に四日と計算し、江戸を出立したのだ。それがすでに十数日を過ぎても戻ってこぬ。それがしも道中でなにか変事にあったかと案じておる」

「江の島の女郎と再び一夜を共にして、焼けぼっくいに火が点《つ》いたか」

「亮吉、そなた、部屋住みの者がどのような考えを持つか、承知しておらぬな。芳次郎はそれほど愚かではない。また愚行を為そうとしても、女と遊ぶ金は持っておらぬ」

「となると、どういうことで」

「それはそなたらが調べることであろうが」

と小田切が言った。

三

金座裏では、しほの菊小僧手配書描きが依然として続き、金座裏界隈の塀にはどこも張り出されてあった。だが、菊小僧はどこへ消えたか、この界隈では杳《よう》としてだれの目にも留まらなかった。

そんな夕暮れ、政次と亮吉が金座裏に戻って来た。

格子戸の前でうろうろする弥一を見付けた亮吉が、

「菊め、まだ戻ってこねえか」

と尋ねると、弥一が顔を横に振った。

「おれさ、龍閑橋《りゆうかん》と一石橋《いっこく》の欄干にしほさんが描いた菊小僧の絵を張り出したんだけどさ、なにか手がかりがあるといいんだけどな」

亮吉がうう一んと唸《うな》った。

「若親分、なんとか知恵を捻り出さねえと恋煩《わずら》いした娘のようにおかみさん、なにも食べねえでやせ細り、死んでしまうぜ」

「亮吉、不吉なことをいうものではないよ」

と応じた政次が、

「あれだけ張り出したしほの手配書にも、なんの反応もないのかい」

と弥一に聞いた。

「若親分、それがね、魚河岸《うおがし》の兄い連中が安針町《あんじん》の路地で菊小僧らしい猫を見かけたという知らせとさ、日本橋下をいく荷船の舳先《へさき》に菊小僧が乗って、日本橋川を大川の方角に下っていったって話が持ち込まれて、常丸《つねまる》兄いたちが走ったがさ、どちらも菊小僧とははっきりと確かめられた話ではなかったそうです。なんとなく猫を見た、みたいな話なんだって」

「相手は生き物、菊小僧は他の猫に比べても動きが速いからね。よしんば見かけられた猫が菊小僧だとしても、常丸兄さんたちが駆け付けたときにはもはやその付近にはおりますまい」

と応じた政次が、

「亮吉、おっ養母《か》さんに必ず菊小僧を見付けると安請け合いしたものの、こちらは早乙女芳次郎様よりも難しいかもしれないよ」

「おりゃさ、菊小僧がその気になって戻ってくるのを気長に待つしか手はねえと思うよ。だけど、そうなるとおかみさんの身がな」

　さすがの亮吉も冗談一つ浮かばない様子だ。

「ともかく親分に芳次郎様のことを報告してきます」

　政次が格子戸の敷居を跨《また》ごうとすると、

「あっ、忘れてた。寺坂の旦那が最前から若親分の帰りを待ってますよ」

「弥一の馬鹿やろうが。菊小僧も大事だが、寺坂様のことを忘れる間抜けがどこにいるんだ。菊小僧のことでよ、浮ついてねえか」

　先輩手先の亮吉が小言を言い、政次が急ぎ足で玄関へと向かった。

　政次が居間に入ると、長火鉢を挟んで宗五郎と寺坂が黙然と睨み合うように座り込んでいた。

　菊小僧と早乙女芳次郎の行方《ゆきがた》知れずに、さすがの二人もいつもの元気がない様子だった。

「ただ今戻りました」

　政次が二人に挨拶すると、

「ご苦労だったな。従兄弟《いとこ》のことで御弓町を訪ねたって」

　と寺坂が政次に話しかけた。二人して政次が戻ってきて、なんとはなしにほっとした感じだった。

「親分、おっ養母さんの様子はいかがです」

「うん、寝付いちまって、本式の病人のようだぜ、たかが猫一匹の話だが、こうなると厄介だ。しほが話し相手をしているが、どうもこうも意気が上がらねえってさ」

宗五郎もほとほと困ったという顔で答えた。

そこで政次は話題を戻した。

「早乙女家ご当主清高様の奥方静香様にお会い致しまして、お話を伺うことができました。その結果、いくらか分かったことがございます。芳次郎様がお屋敷内であれこれと心を開いて相談されていたお相手は静香様お一人のようでございました」

と前置きした政次は、静香からもたらされた話を二人に告げた。

「ふうん、芳次郎はこんどの祝言の一件を、それほど真剣に考えようとしていたんだな。それで、あいつはなにを確かめようとしたのかね」

「さすがに兄嫁様にもその内容までは話しておられませんでした」

「困ったな。こっちも八方ふさがりか」

寺坂が早くも結論を出して言った。

「そこで静香様にお聞きしました芳次郎様の朋友の小田切聡様を本郷元町の太子流道

場に訪ねますと、折よく小田切様が稽古の最中でございました」

「うむ、芳次郎の仲間に話が聞けたか」

「その前に稽古につき合わされました」

「なんだって、探索に行って剣術の稽古か。若親分の武名まで江都に広まっちまったな」

「寺坂様、そのようなわけではございません。失礼ながら太子流中林源太左衛門老先生はなかなかの人物とお見受け致しました。和気藹々とした道場の雰囲気に乗せられまして、つい」

「まあ、話を聞くためにはそれも仕方ないか。どうやら芳次郎様の失踪について剣友から話が聞けたようだな」

「親分、いかにもさようでした」

政次は宗五郎と寺坂毅一郎《きいちろう》に奇妙な話を告げた。

「なんだって、神藤家の彩どのと瓜二つの女郎が江の島にいたってか。芳次郎め、女に慣れねえものだから、とんだ勘違いをしやがって、一年半も前の記憶を頼りに江の島まで遠出しやがったか」

寺坂がいよいよ困惑の体で呟き、

「まさかな、大山詣での帰り道に立ち寄った江の島で買った女郎に話が飛ぶとは、夢にも考えなかったぜ。若親分、飛んだことに誘いこんじまったな。こいつはどうにも手の打ちようがねえ。芳次郎が得心して江戸に戻ってくるのを待つしかあるめえ」

政次の手前、言い足した。

「寺坂様、親分、それが芳次郎様の一人合点と思えない様相を見せてきたのでございますよ」

「なに、まだ剣術仲間が洩らしたことがあるのか」

「いえ、念のためと思い、神藤家のある御徒町まで足を延ばして、神藤家出入りの産《さん》婆《ば》に聞き込みましてございます」

「産婆だと」

寺坂が怪訝《けげん》な顔をしたが、宗五郎は黙然と政次の話を聞いていた。

「代々神藤家に出入りの産婆が大横町のお広《ひろ》と分かりまして、なだめたり透かしたりして昔話を聞くことが出来ましたので」

「若親分、産婆にあたったって、どういうことだ」

「寺坂様、お彩様は双子の片割れであったのでございますよ」

「なんだと、双子だったって。まさか、もう一人が芳次郎の買った女郎ということはあるめえな」

江戸期、双子や三つ子が生まれると縁起が悪いと、一人を残して子供のない他家に出す風習があった。

「芳次郎様はその確信があったからこそ、朋輩から一両の路銀を借りてまで相州《そうしゅう》江の島に遠出なされたのではございませんかえ、寺坂様」

宗五郎が口を挟んだ。

「神藤家では双子のもう一人を密《ひそ》かにどこぞに預けたか」

「はい。姉のお彩様を残し、妹のほうを産婆のお広に頼み込んで、平塚宿外れの知り合いの百姓に子がいないことをとある人から聞き付けて、なにがしかの礼金で届けたそうでございます。ただし、その後、百姓家がどうなったか、お彩様の妹がどう暮らしているかは全く知らないというのでございますよ」

「若親分、話が奇妙な展開を見せやがったな。ひょっとしたら芳次郎の一年半前の相手は彩どのの妹というわけか」

「その可能性もなくはございますまい。平塚から江の島は指呼《しこ》の間《かん》にございます」

「驚いたぜ」

寺坂が言葉をなくした。

「それにしても、芳次郎様が十数日も江戸に戻って来られないのは、どういうことだえ」

「親分、それはなんとも」

「どうしたものかねえ」

「親分と寺坂様に相談でございますが、芳次郎様が難儀に関わっておられるとしたら、厄介にございます。十分な路銀もないまま、十数日も江戸に戻ってこられないのは、やはりおかしゅうございます」

「政次、江の島に飛ぶというか」

「このまま調べを放置いたしましては、おこう様に申し訳ございませんし、義姉上の静香様も案じておられます」

「若親分にそこまで面倒かけてよいものか。芳次郎が焼けぼっくいに火が点くように妹の方と懇《ねんご》ろになり、相模《さがみ》で暮らしていたりしたら一体どうなるよ」

と寺坂が逡巡《しゅんじゅん》した。

「寺坂様、行きがかりでございますよ。あれこれとここで思案しておりましても、どうにもなりますまい。私一人で明日の朝にも出立しようかと存じます」

「彩どのの妹が貰《もら》われていった先の平塚外れの百姓家のことは聞いてきたな」

「はい。相模川河口の右岸、札の辻《ふだのつじ》という郷の伝右衛門《でんえもん》という中農の家にございますそうな。お広はそれ以上のことは知らぬ様子ですが、郷名に名も分かっておるのです。こちらはなんとかなりそうです。ただ案じられるのは」

「おみつのことか。どちらも失《う》せ物探しだが、人と猫を比べられまい。政次、おめえがひと肌脱ぎねえ。だが、独り旅はいけねえや、行き先で話がどう転ぶとも限らねえ、亮吉を連れてまず平塚宿に飛べ。そのいきさつ次第で、江の島の飯盛《めしも》り女を呼ぶことのできる島屋助三方にあたりねえ」

宗五郎が決断して、政次と亮吉の江の島行が決まった。

政次がおみつが寝ている座敷に行くと、しほが文机《ふづくえ》で菊小僧の手配書を描きながらおみつと何事か会話していた。

「おっ義母《か》さん、元気を出して下さいな。必ず菊小僧は金座裏に戻って参りますからね」

「政次はそういうが、私はなんだか菊とは生涯会えないような気がしてね」

「おっ養母さん、なんて気弱なことを。うちの菊小僧は賢い猫です、金座裏を忘れるなんて不人情は決してしませんよ」

「しほ、猫だもの、人情なんて通じるかねえ」

おみつがか細い声で言った。

「おっ養母さん、しほに秋口には子が生まれるんですよ。おっ養母さんが元気でなくてどうするんですか」

「政次、わたしゃ、なんだかおまえたちの子にも会えないような気がしてね」

「しっかりしてくださいな。そうしなければ私と亮吉が御用旅にも出られませんよ」

「えっ、どこかに行くのかえ」

「しほから聞きませんでしたか。寺坂様のお従兄弟様が見合いをしたあとに姿を消した話を」

「聞きましたよ。相手は三度目の婿とりだってね。男運がないのかね。寺坂様のお従兄弟も相手が嫌だと屋敷を出たのかえ」

「いえ、そうではありません」

政次は御用聞きの嫁として捕物話を毎日聞いてきたおみつが元気になるように、今日の探索の成果を詳しく話した。

「なにっ、芳次郎様は一度だけ会った女郎さんのことを確かめに行ったというのかえ。見合いの相手がその女郎さんの姉様かねえ」

「そんな話ってあるのね」

金座裏の女たちは捕物話が大好きだ、まして女が絡んだ奇怪な話だ。おみつもしほもなんとなく上気して、おみつも少しばかり元気を取り戻したような気配だった。

「それで政次さんと亮吉さんは江の島に行くの」

「おっ養母さんの具合さえよければ、寺坂様のお従兄弟のことです。精々御用を務めて参ろうかと考えています」

政次の言葉を聞いたおみつが、
がばっ
と夜具《やぐ》をはねのけて起き上がった。

「わたしゃ、大丈夫ですよ。菊小僧と寺坂様のお従兄弟では比べようもないよ。政次、しっかりと芳次郎様の行方を突き止めてさ、江戸にお連れして帰ってくるんだよ。お彩様にはこんどこそ幸せになってもらいたいじゃないか。私のことなら案ずることはないよ。もう大丈夫さ」

おのれに言い聞かせるように言ったものだ。

「ならば旅仕度をしなきゃあね」

「江の島往来の道中ですね、往来に四日、むこうで二日ほどの旅です」

「亮吉さんの旅仕度を調えてきます」

しほがおみつの寝間を出た。

「よし、私も寝てなんていられないよ。勝手に出ていった菊小僧なんて知るもんか」

おみつが空元気《からげんき》を出して床《とこ》から立ち上がった。

その夜も菊小僧は金座裏に戻ってこなかった。

政次は前夜、寝る前にしほに密かな願い事をしていた。

翌朝、七つ（午前四時）の時分、おみつとしほの切り火に見送られて旅仕度の政次と亮吉が旅立った。

「おかみさん、だいぶ無理してねえか」

「御用に差《さ》し支《つか》えがあってはならないというので、気を張っておられるようだ。私たちが江戸に戻ったときには菊小僧が金座裏にいるといいんだがね」

と政次が亮吉に応《こた》え、二人は日本橋を渡ってまず平塚宿を目指した。

彦四郎《ひこしろう》はこの日の昼前、綱定《つなさだ》から亀戸天満宮《かめいどてんまんぐう》近くの普門院《ふもんいん》に法事に出かける元乗物町の贔屓《ひいき》の薬種《やくしゅ》問屋の隠居を乗せた。隠居の行き先を聞いたおふじが、お駒《こま》とおかなに一時《いっとき》でも会えるように彦四郎を船頭に命じたのだ。

張り切った彦四郎は、一気に大川を上がり、竪川《たてかわ》から横十間川《じつけん》に出て、亀戸町の船着場に船を着けた。

「彦四郎さんや、法事が済むのは八つ（午後二時）時分だ。おふじさんに言われたが、そなたのいい女《ひと》が、亀戸天神の境内で商いをしているんですってね、八つまで好きなように時を潰《つぶ》していいよ」

と隠居が許しをくれた。

そこで彦四郎は船をしっかりと舫《もや》い、亀戸天神の茶屋にお駒とおかなを訪ねた。

「あら、こんな刻限にどうしたの」

お駒が笑みの顔で彦四郎に尋ねたものだ。事情を説明した彦四郎が、

「お駒さん、この絵を茶店に張らせてくれないかな」

と懐にしてきたしほの手配書を見せた。

「えっ、金座裏の猫がいなくなったの。いくらなんでも大川を渡って亀戸まで来ないと思うけどな」

「亀戸天神のお参りの客は江戸の人間だろ。だからさ、あっちに戻ったときに菊小僧を見かけたって人がいるかもしれないいじゃないか」

「そうね、ならば目につく入口の壁に張ったら」

お駒がおみつのことを案じつつ、しほの迷い猫探しの手配書を張ってくれた。

彦四郎は昼餉をお駒の一家とともに食し、おかなとたっぷり遊んで、八つ前に近々家族になる二人に送られて亀戸町の船着場に行った。まだ隠居の法事は終わらないのか、その姿はなかった。

「彦四郎さん、おっ母さんがいうの。ほんとうに彦四郎さんは子連れのおまえでいいのかねえって。ううん、彦四郎さんの気持ちは私だって分かっているの。だけど彦四郎さんのおっ母さんがどう思ってなさるかって」

「親ってのは、あれこれ案じるものなんだな。うちの親父《おやじ》なんぞ、子がいるのか、手っ取り早くていいやなんて言っているぜ」

「男親はそうかもしれないけど、女親はそうはいかないと思うわ」

「親がお駒さんと所帯を持つんじゃないよ。おれがお駒さんとおかなと家族になるんだ。お袋がなにを考えようと、もはや致し方ないことだよ」

「そうはいうけど、彦四郎さんの家族に喜ばれない所帯はどうかな」

「お駒さん、おれが好きかえ」

「むろん彦四郎さんにどう言っていいか、感謝しきれないわ。地獄から私を救い出してくれたんだもの」

「お駒さんは独り身で所帯を持った、その結果があぁだぜ。子は夫婦の仲の鎹《かすがい》になることもあれば、なくて不縁になることもある。人さまざまだ。おれはお駒さんに惚れ、おかなが大好きだ。それ以上のなにがある」

「それはそうだけど」

「金座裏の親分さんもおかみさんも、お駒さんを気に入ってくれ、うちの親方も女将さんも賛成しているんだ。これ以上のことはないよ」

と言い切った彦四郎が、

「ああ、誤解しないでくれよ。うちのお袋がお駒さんと所帯を持つことに反対しているなんてな」

彦四郎の言葉にお駒が頷いた。

「それもこれも、お互いを知らないからあれこれと考えるんだ。近いうち、おれの親父とお袋とお駒さん、会ってくれないか。そうすれば気持ちのすれ違いは解けるよ」

と言ったとき、客の隠居がお斎《とき》の酒に酔ったか、赤い顔で姿を見せた。

「いいね」

彦四郎の言葉に、おかなを抱いたお駒が頷いた。

四

この日、金座裏はしほの菊小僧の迷い猫探しの手配書が効いたか、棒手振《ぼてふ》りや砥石《といし》屋の小僧などが次から次に訪れて、

「本石町《ほんこく》の路地にこの絵の猫がいた」

とか、

「小伝馬町《こでんま》の牢屋敷裏で日向《ひなた》ぼっこをしていたぜ」

とか、

「室町《むろまち》の通りで商いをする唐人飴《とうじんあめ》売りの招き猫になっているね。この婆が菊小僧と呼びかけたら頷いたから確かですよ。手先さん、すまないが確かめていく前に私にお茶の一杯も馳走《ちそう》してくれないか。室町から歩いてきたら喉がからからに渇いて、どうにもならないよ」

金座裏の玄関の上がり框《がまち》にでーんと腰を下ろして落ち着く婆様も出てきた。ともかく八百亀《やおかめ》としほがそれらの客に応対し、手先たちは情報がもたらされるたびにその場へ急行したが、いずれも猫の姿はなく、唐人飴売りの連れた猫は、狸《たぬき》だった。

なんとも大騒ぎの一日が終わり、夕暮れには手先全員がげんなりして、

「しほさんの猫相描きが凄いものだから、この有様だ。このようなことが何日も続くかね」

さすがの八百亀も愚痴を洩らした。

「八百亀の兄さん、絵を張り過ぎたかしら」

しほは大騒ぎの原因になった手配書をあまりにも多く描き過ぎたか、ちょっと案じた。すると常丸が、

「いや、描き過ぎたということはございませんよ。やはり、あれこれと話が持ち込まれるのは大事な手がかりだ。その中の一つが菊小僧であればいいんですからね。わっしら、走り回るのは厭《いと》いませんぜ」

と言ってくれた。そこへ玄関先に青い顔をしたおみつが姿を見せて、

「すまないね、私のために皆を走り回らせてさ」

と詫びた。

「いえ、おっ義母さん、それは違います。菊小僧は金座裏の大事な飼い猫なんです。だれもが心配しているからこそ、こうして走り回ってくれているんです」

しほがおみつの弱気を諫《いさ》め、八百亀も、

「しほさんの言うとおりだ。姐《あね》さんはなにも心配することないぜ。ともかくさ、ただ

今のところ、大きな御用はないのがもっけの幸いだ。これからも町廻り組の者は縄張り内をくまなく猫探しを兼ねて町廻りをしてよ、細かく町内の人たちに菊小僧のことを尋ねて回るんだ。金座裏の待機組は情報がもたらされたら、どんなものであれ、まずはその場に急行して確かめる。菊小僧探しが御用と重ならなければ、だれからも文句は出ないからね」

と一統に言い聞かせるように、明日からの動きを再確認した。おみつが、

「ありがとうよ」

と一統に言い、奥に引っ込みながら、

「わたしゃ、菊小僧と二度と会えないと思います、その覚悟ができていますよ」

と自らに言い聞かせるように肩を落として呟いたものだ。その背を見送った弥一が、

「おかみさんが元気じゃないとなんだか金座裏じゃないみたいだよ」

と嘆いたものだ。

「弥一さん、菊小僧は必ず金座裏に戻ってきて、おっ義母さんも元気になるわ。それまで頑張りましょ」

しほが弥一に言ったが、それは全員に聞かせるためだった。

「ああ、おれも頑張るよ」

弥一が答えた時、格子戸の外に人影が立ち、

「おおい、ここが金座裏の親分の家だべか。迷い猫を探してきただ、猫を連れていくと礼金が貰えると聞いたが、ほんとうのことだべな」

と在所訛りが大声を張り上げたので弥一が飛び出していったが、しばらくして少し怒ったような顔で玄関土間に戻ってきた。

「どうしたえ、弥一」

だんご屋の三喜松《みきまつ》が尋ねた。

「あいつ、地引《じびき》河岸のところに座る物貰いですよ。捨て猫をいつも懐に入れて、右や左の兄さん方って、物乞いしているやつなんだよ。菊小僧に似ても似つかない商売用の猫を持ち込んで、なにがしか銭を貰おうというふてえ魂胆なんだよ、呆れてものが言えねえや」

「弥一さん、物貰いさんを追い返したの」

「だめだったか、しほさん」

「折角《せっかく》地引河岸から金座裏までやってきたのよ。わずかばかりだけど知らせ賃に上げてきて」

と懐紙になにがしか銭を包んで弥一に渡した。

「こんなことをすると、あいつ毎日来るぜ、癖になると思うがね」

と言いながらも、弥一が追い返した物貰いを追いかけていった。

「物貰いに追《お》い銭《せん》か」

「八百亀の兄さん、皆さん、夕餉にしましょう」

しほの声で手先たちが玄関土間に草履《ぞうり》を脱いで台所からの匂いに釣られるように姿を消した。

玄関先に残った八百亀がしほに、

「若親分たち、戸塚泊まりでしょうかね」

と尋ねたものだ。

江戸の日本橋から戸塚宿まで十里十八丁（約四十一キロ）あった。この間に六郷の渡しがあるのだ。旅人も健脚でなければ戸塚宿までは一日で到達できなかった。

「明日があちらは勝負かしら」

「神藤家の彩様の妹様がどうしているか、少なくとも明日には分かりましょうよ」

と八百亀が答えて草履を脱いだ。

この日、政次と亮吉は戸塚宿から二里先の藤沢宿まで足を延ばして、東海道に鎌倉道が交わる辺りの旅籠に投宿しようとしていた。

「若親分、よく歩いたな」

「日本橋から十二里半か。明日江の島を訪ねようと思えば、ここから一里九丁だよ。だが、やはり平塚宿を押さえて江の島に回ろうか」

藤沢宿から相模川を渡って平塚宿は三里半だ。七つ半（午前五時）に宿を出立したとしても、二人の足ならば昼前に楽々と彩の妹が貰われたという百姓家を訪ねることができるはずだ。

「若親分、この旅籠でいいかね」

と軒先に灯《あか》りを灯《とも》した旅籠相模一屋を亮吉が差し、折から軒行灯《のきあんどん》を掲げた男衆が、

「お二人さん、いらっしゃい。お泊まりですか」

と応じた。

「ああ、願おう。他の客との相宿はいけねえぜ」

「兄さん方、大山詣での帰りかね。遊んでいくならば、きれいな娘がいるよ」

藤沢はその昔、門前町として栄えただけに、

「此宿大に繁花にて、はたごやもみな綺麗也。飯盛りいたってよし。揚代五百文也」

と旅案内に書かれるほどの賑《にぎ》わいを見せていた。というのも、大山詣での人々が鎌

倉や江の島に回る道筋にあたったからだ。

「兄い、おれっちはよ、江戸は金座裏の者だ、御用なんだ。飯盛りはいらねえ、静かな部屋を願おうか」

と亮吉が仁義を切ったので、男衆が、

「御用でしたか、金座裏の手先衆ね」

と政次を見た。

「おりゃ、手先だが、こちらは若親分だ」

「どうも貫禄が違うと思いましたよ。はいはい、角部屋にご案内しますよ」

と男衆が奥へ、

「濯《すす》ぎを二つ!」

と叫んだ。

湯に浸かり、二人が六畳の部屋に落ち着いたのは六つ過ぎの刻限だった。折よく女衆が膳を運んできて、

「お客さんよ、酌をさせてくんな」

と、なんとなく居座る様子を見せた。一人は年増《としま》で、もう一人は十八、九か。

「姉さん方、男衆にも言ったが御用旅だ」

「東海道を往来する大半の旅人が御用旅だべ。おめえさん方が格別じゃなかんべ、それによ、御用旅で女と懇ろになって悪いということはあんめえ。郷に戻ったればよ、口を拭《ぬぐ》って番頭さんに御用だけを報告するだよ」

「あれこれと知恵をつけてくれるね」

「これも商いだ」

姉さん株が徳利を手にして亮吉に酌をしようとした。

「折角だから一杯だけ酌をしてもらおうか。だがな、その後は愛想なしだぜ」

「なに、酌だけして追い返すというかね」

「おうさ、おれっちの御用旅はいささか事情があってね、床《とこ》の間《ま》に置いた袱紗《ふくさ》包みを見ねえ。三代将軍家光様お許しの金流しの十手だ。おめえがしつこく床をねだるのなれば、袱紗包みを解くことになるぜ」

「なにっ、江戸に金流しの十手の親分がいると聞いたが、おめえじゃねえな。こっちの若い衆か」

「ああ、十代目を継ぐ若親分だ」

「おめえは手先か」

「そういうことだ」

「ふーん、おめえらが嫌だというものを無理強《じ》いもできねえべ。おいと、爺様連れの部屋に掛け合ってみべえか」

二人の女衆が座敷から消えた。

「若親分、一杯いこうか」

と亮吉が政次に酌をして、

「お疲れさんでした」

と温《ぬる》めの酒を口に含んだ。

「十二里半も歩いたあとだ、酒が殊更《ことさら》うめえや」

「亮吉、あとは互いに手酌だ」

膳の上は七里《しちり》ガ浜《はま》辺りで揚がったヤリ烏賊《いか》の造りに鰯《いわし》に葱《ねぎ》と若布《わかめ》の酢味噌《ぬた》和えだった。

「女はよくねえが、膳のものは悪くはねえ」

亮吉はヤリ烏賊で二、三杯酒を飲み、ようやく落ち着いたか、

「早乙女芳次郎様、どこにいるのかねえ」

と政次に訊《き》いたものだ。

「さあて、この一件、仮定ばかりの話で、明日から一つずつ解《ほぐ》していくしか手はないよ」

「藤沢宿の次は平塚宿だ。最前の姉さんにお彩様の妹が貰われた平塚外れの札の辻の百姓家のことを聞いてみようと思ったが、後々のことを考えると、止《や》めておいた」

「亮吉、それでよかったと思うよ。おそらくこの旅籠のだれかが札の辻の伝右衛門家のことを知っているだろう。だが、早乙女家と神藤家、二つの武家が絡む話をあちらこちらで聞き回るのはよくないよ」

政次の答えに頷いた亮吉が、

「失せ猫、失せ人のどちらが先に決着を見るかね」

「こちらは人間様のことだ、手がかりがないわけではなし。明日にもいくらか事情が判明していよう」

と政次が言い、杯に残っていた酒を飲み干し、飯櫃《めしびつ》から茶碗に飯を装った。

翌日、二人は四つ（午前十時）の刻限に馬入川《ばにゅう》（相模川）の渡し場に到着していた。

馬入川には鎌倉時代にはかなり大きな橋が架けられていたが、橋供養に赴《おもむ》いた源頼朝《よりとも》がその帰り道に落馬して、それが因《もと》で翌年の正月に死んだという故事を持つ橋である。

また、

「馬は水中に飛入りて忽《たちま》ち死すとぞ、故に馬入川といふ」

と古書にあるように、大雨の後は流れの激しい大河であった。頼朝の落馬以来、

「不吉とて実朝《さねとも》公のころより橋架からず」

とあり、政次と亮吉は馬入の船渡しを十文ずつ払い、平塚に渡った。

馬入川の土手道に沿って海に向かうと札の辻に出た。その南側辺りに中農伝右衛門方はあるはずだ。近くにあった寺で、まず伝右衛門方の近況を尋ねることにした。

折から法事か、村人がぞろぞろと山門を入っていく。中に羽織を着た年寄りがいたので政次が声をかけた。

「ちょいとお尋ね申します。この界隈に百姓の伝右衛門さん方があると聞いてきたのでございますが、ご存じございませんか」

政次の問いかけに振り返った年寄りが、

「新地の伝右衛門のことかのう」

「新地かどうか知りませんが、札の辻と聞いてきましたので」

「江戸のお方のようじゃのう」

「はい」

政次の返事にしばし黙した年寄りが、

「今から八年も前の夏かのう、伝右衛門さんが川向こうの賭場《とば》に出入りして借財をこさえ、田地田畑に屋敷もとられてな、伝右衛門さんは大水の馬入川に身を投げて死んだだよ」

と答えたが、

「わしはこの界隈の名主《なぬし》の七郎兵衛《しちろべえ》じゃが、おまえ様方は何者かね」

「これは失礼を致しました。私は江戸金座裏の御用聞き、九代目宗五郎の跡継ぎで政次と申します」

「おや、金流しの親分さんの跡継ぎが、また相模までなんの用事だ」

「はい、二十一、二年前、伝右衛門様方に女の赤子が貰われてきませんでしたか」

「ほう、おちょうのことで江戸から来られたか」

「おちょうさんと名付けられましたので。いえ、この一件、御用の筋ではございませんので」

「伝右衛門方には子がなかったでな、人を介しておちょうを養子にしたんだ。そうか、おちょうは江戸生まれか」

「そのおちょうさん、どうされておられますので」

うう－ん、と名主の七郎兵衛が呻《うめ》いた時、寺から七郎兵衛を呼びに来たのか、男が山門に立った。

「安造《やすぞう》さん、和尚《おしょう》に少し待ってくれと願《ねご》うてくれぬか」

と男を本堂に戻した七郎兵衛が、

「最前もいうたように、伝右衛門の博奕《ばくち》狂いで家屋敷を失《うしの》うた上に伝右衛門も死んだ。そう、この長楽寺で寂しい弔《とむら》いが行われたよ。その後、分家の納屋《なや》に、残された家族は住んでおったがな、伝右衛門の女房が中気《ちゅうき》に掛かったのを機会に、おちょうが江の島の旅籠に奉公に出た。女中奉公というておったが、なあに飯盛り女よ。それでのうてはおっ養母《か》さんの薬代も出まい」

「おちょうさんが江の島に奉公に出たのは、いつのことでございますか」

「五年も前かのう、おちょうには漁師の許嫁《いいなずけ》がおったが、伝右衛門が自滅するように馬入川に身を投げて以来、すべてが落ち目。許嫁とも、江の島の飯盛り女になったことで縁が切れたのじゃよ」

「江の島の奉公先は島屋でございますか」

「よう承知じゃな」

「今も奉公しておりましょうか」

「奉公に出たころは、こちらでもあれこれと噂《うわさ》が流れたよ。なにしろ、おちょうはこの界隈には珍しい器量よしじゃったからな。じゃが、この数年、どうしておるのか、噂は聞かぬな」

と七郎兵衛が言い、

「若親分、わしはあれこれと喋り過ぎたようだ。伝右衛門の女房も何年も前に死んだゆえ、残るはおちょうだけだ。なにか良からぬことがこれ以上起こらぬことを願うておる。江戸からわざわざ御用でもないと言いながら、平塚くんだりまでなぜ来なさった」

七郎兵衛は当然の疑問を政次に問うた。

「名主様から聞いた話は私どもの胸に納めます。これから私が話すことも、名主さんの胸に納めて下さいまし」

と前置きした政次は差し障りのないように、おちょうの姉の縁談に関する調べだといささか虚言を交えて告げた。

「そうか、おちょうには姉がおったか。せめて姉様だけでも幸せになるとよいのう」

と呟くように言った七郎兵衛は、

「江の島に訪ねて行きなさるか」

「はい。決して七郎兵衛様のお名前を出すことはございません」

と政次が約束すると、七郎兵衛がうんうんと頷いて法事の場へと山門を潜っていった。

馬入川の渡し場に戻り始めた亮吉が、

「若親分、なにやら芳次郎様はよ、厄介に巻き込まれてないかえ。おりゃ、そんな気がしてきたよ」

「私もそう簡単な話ではなさそうな予感がする。ともあれ、江の島に行こうか」

「芳次郎様がよ、元気でいるといいがね」

亮吉の懸念にはもはや政次は答えなかった。ただ二人は渡し場に向かい、黙々と馬入川の土手道を歩いていった。

第三話　政次の啖呵

一

江の島の歴史は古い。かつて絵島とも榎島とも書いたそうな。古書『江島譜』によると、第九代開化《かいか》天皇の御世《みよ》、四月のある夜に南の方角の海が鳴動し、黒雲が巻き起こって天地空海の区別が分からなくなった。すると鶏の鳴き声がしたかと思うと竜女の音楽が波間から響いて天童が舞い遊び、香りのよい花びらが散ってきて暴風雨は静まったという。その海上に忽然《こつぜん》と孤島が浮かんでおり、それが江の島だという。ゆえに島の南の渚《なぎさ》の岩屋に本宮があり、弁財天が祀《まつ》られている。

例年四月、初の巳《み》の日に竜窟《りゅうくつ》の弁財天を神輿《みこし》にのせて山嶺《さんれい》の御旅所まで行列し、十月の初の亥《い》の日に竜窟に帰る習わしがある。

政次《せいじ》と亮吉《りょうきち》が引き潮の浜伝いに江の島に渡ったのは八つ（午後二時）の時分だ。

江戸から江の島見物に訪れる客目当てに旅籠《はたご》が並んで、女衆が、

「江戸のお方、泊まっていってくんろ。竜女がいい思いをさせてくれべえよ」

とか、

「うちに泊まってよ、一睡もさせねえよ」

などと、どこの在所訛《なま》りか、亮吉の袖《そで》を引いた。

「姉さん、ちょいと伺うがよ、竜女ってだれだえ」

「そりゃ、おらに決まっているべ」

「竜女な、年古《としふ》りた狐《きつね》だな」

「このちびは悪態だ。弁財天様の祟《たた》りでも喰らえ」

「姉さん、そんなことより島屋《しまや》助三《すけぞう》方はどこだえ」

「なに、おめえらは島屋の客か。おらんちが何倍もいい思いをさせるがよ」

「おれっちは野暮用だ、遊びじゃねえよ」

「野暮用だと、何の用だ」

「姉さんには関わりのねえことよ」

「ははあん、おめえら、江戸からきた女衒《ぜげん》だな。女、買いたきゃ、おらどうだ」

「百年前に会いたかったな」

「馬鹿ぬかせ、百年前ではおら生まれてねえ」

「島屋はどこだ、教えてくんな」

亮吉の袖を政次が引いて、狭い参道を挟んで斜め前の軒看板を差した。

「若親分、この古狐の鼻先じゃねえか」

「古狐たあ、だれだ。やっぱしおめえらは江戸の女衒だな。この若い衆は渡世人《とせいにん》の若親分だ。ちび女衒と違ってよ、容子《ようす》はいいし、貫禄《かんろく》があらあ。おら、買われるなればちび女衒よりなんぼか、若親分がええ」

「好き勝手に言いな、あばよ」

政次と亮吉は袖を引く店の前から斜め前の島屋助三方に足を向けると、最前からこちらの様子を見ていた男衆が、

「泊まりではなさそうだけんど」

と言った。

「事と次第で泊まるかもしれないよ」

「込みいった話かね。でえいちおまえさん方、何者だ」

江戸に何年か住んでいたか、あるいは江戸から流れてきた男衆か、政次と亮吉の風《ふう》体《てい》を見定めた。

「あっちの姉さんは、おれを女衒と睨《にら》んだがね」

「女衒ね、あいつらの眼はもっと上目遣《うわめづか》いに険《けわ》しいぜ」

「おれの眼はどうなんだ」

「海から上がって三日目の魚の眼だな」

「客になるかもしれねえ兄さん方に、なんて言い草だ」

「泊まるのか」

「話次第と言ったぜ」

「話してみねえ」

相手は無言の政次のことを気にしながら亮吉と掛け合った。

「今から十数日前のことだ。江戸から侍がこの島屋を訪ねてこなかったか」

「侍の客なんて珍しくねえ」

「そのお侍は一年半も前、大山詣《もう》での帰りにこの江の島で遊び、ある飯盛《めしも》りと一夜を共にした。侍は一人ではなかった、五人組だ」

政次は男衆の態度と表情が微妙に変わったことを見てとっていた。

「亮吉、立ち話もなんですよ。島屋さんの座敷をお借りしましょうかね」

と政次が江の島土産《みやげ》の貝殻細工がならぶ店先を抜けて、宿の玄関に向かった。

「お、お客さん、泊まりだね」

　と男衆の声が追いかけてきたが、政次も亮吉も知らんぷりだ。玄関に入ると参道の人込みのざわめきが消え、その代わり、奥から潮騒《しおさい》が聞こえてきた。島屋は海際に建つ宿なのだろう。

「いらっしゃい」

　と年増《としま》女が二人を迎えた。

「女将《おかみ》さんでございますか」

「はい、島屋の女房ですが。おまえ様方は」

　江の島見物の客ではなさそうだと見抜いたか、女房と名乗った女が怪訝《けげん》な顔で見た。

　二人の背後に最前の男衆がいた。

「達《たつ》さん、お相手しなかったの」

　と女が男衆に言った。

「へえ、女将さん、江戸のさ、御用の筋じゃないかと思うんですがね」

　女が政次を見た。

「江戸の御用の筋ね、分かったわ」

　と女房が言い、

「金座裏《きんざうら》の若親分じゃございませんか」

と政次の顔を見て問い返した。

「お察しのとおり、金座裏の宗五郎《そうごろう》の跡継ぎ、見てのとおりの駆け出しの政次にございます、女将さん」

「なんでも呉服屋の松坂屋《まつざかや》さんから金座裏に鞍替《くらが》えしたんだってね」

「亮吉、すべてお見通しですよ」

と政次が苦笑いした。

「用事は早乙女芳次郎《さおとめよしじろう》様の一件ではございませんか」

「女将さん、その通りにございます」

政次の返答に首肯《しゅこう》した女将が、

「若親分、手先さん、まずは草鞋《わらじ》の紐《ひも》を解かれませんか」

と言いかけた。

「お邪魔します」

島屋の玄関で草鞋を脱いだ二人は懐の手拭《てぬぐ》いで裾《すそ》の旅塵《りょじん》を払い落とし、開け放たれた縁側から烏帽子《えぼし》岩と呼ばれる姥島が波に洗われる景色の見える座敷に通った。

「おちょうの一件ですね」

「いかにもさようです。芳次郎様はこちらに見えたのでございますね」

「訪ねてこられました」

と答えた女将がぽんぽんと手を打って、

「お茶を二つ」

と奥に命じた。そして、政次に向き直り、

「早乙女様は未《ま》だ江戸に戻っておられませんので」

と尋ね返した。政次が首を横に振り、

「おちょうさんと芳次郎様は会われたのでございますか。いえ、おちょうさんは未だこちらで奉公しておられますので」

と問い返すと、こんどは女将が顔を振って否定した。

「おちょうは二十二の齢《とし》よりずっと若く見えましてね、器量もいい。うちは大山詣でや鎌倉見物の客が立ち寄る旅籠です。客が馴染《なじ》みになって繰り返し訪ねてくるなんて、まずございません。ところが、おちょうだけは何人かそのような客がおりましてね。その一人が早乙女様でした。ですが、もはやおちょうはうちにはおりません」

「早乙女様はおちょうさんにここでは会えなかったのでございますね」

「はい。もはやうちにはいないのですから、会うことはできませんでした」

「その折の芳次郎様の様子はどんな具合にございました」

「おちょうはどこに行った、おちょうの出自《しゅつじ》はどうだと何度も尋ねられておりました」

女将はその時の困惑を思い出したか、そう答えた。

「おちょうさんは客に落籍《ひか》されたのでございますか」

女将は直《す》ぐに政次の問いに答えなかった。しばし逡巡《しゅんじゅん》するように思案していたが、

「金座裏の若親分さん、この島屋のお国《くに》に事情を話してはくれませんか。なぜ一夜を共にしただけのおちょうに若いお武家さんが一年半後に会いに来られたか。さらにはその後を追って金座裏の若親分方がわざわざ江の島くんだりまで遠出してこられたか。早乙女様に私もお会いしましたが、悪いことをなさるお方とも思えませんのでね、私もどう考えてよいのか迷ってしまいますよ」

「女将さん、芳次郎様はなぜおちょうさんに会いにきたか、理由は話されませんでしたか」

「私が力になるから事情を明かして下さいと願ったのですが、なんとしてもおちょうに会いたい。いや、勘違いをしないでほしい、おちょうになにか働きかけようとか、迷惑をかける真似《まね》は決してしない。ただ一つ確かめたいだけなのだ、の一点張りでございましてね」

若い女が政次らに茶と煎餅《せんべい》を供して奥に下がった。それを確かめた政次は、

「女将さん、分かりました。私どもが芳次郎様を案じて江の島まできた理由を話します」

と前置きして芳次郎を案じて相模《さがみ》まで出かけてきた理由を差し障りのないところで告げた。

お国の人柄を信じたからだ。長い話が終わったとき、

「おちょうは双子の片割れで伝右衛門《でんえもん》様方に貰《もら》われたとは聞いておりましたが、まさか早乙女様とおちょうの姉様との間に祝言話が起こっていようなんて。なんとも不思議な出来事が世の中にはあるものですね」

「二十二年前、同じ腹から生まれた姉妹が別れ別れになり、その間を芳次郎様が奇《く》しくも結んだのでございますよ。そのことをご当人は確かめたかった。そして、安心してお彩《あや》様と夫婦《めおと》になりたかったのではございませんか」

「早乙女様の頑《かたく》なな態度がよう分かりました」

「女将さん、おちょうさんの行き先を聞く前に、もう一つお尋ねしてようございますか」

「なんでございましょう」

「おちょうさんになぜそれほど馴染みの客が付いたのでございましょう。器量よしで齢より若く見える。また客あしらいがいいからこそ、芳次郎様は一年半前の一夜の相手を記憶しておられた。それは分かるのですが」

「金座裏の若親分にもお察しがつきませんか」

「最前申しましたとおり、駆け出しにございます」

「相州《そうしゅう》江の島でさえ売り出し中の金座裏の若親分の噂《うわさ》は流れて参りますよ」

と笑ったお国が、

「おちょうを指名したのは、なぜか町人よりお武家様が多うございました。平塚の中農に赤子の時より貰われてきたはずなのに、なぜかお武家様にひいきにされた。おちょうの出がお武家様方になにかを感じさせたのですかねえ」

と首を傾《かし》げたお国が、

「今振り返ってみれば、おちょうの相手の客は物静かな人ばかりでね、繰り返しおちょうに会いにきたあるお武家様に聞くと、おちょうにはなにか手を差し伸べてやりたいような不幸の翳《かげ》があると答えられました。男と女が惹《ひ》かれ合うには不思議な縁があるものですね」

とお国が話を締め括《くく》った。

「女将さん、おちょうさんに関したことではないので、最前話さなかったことがございます。それは芳次郎様のお相手の姉、お彩様のことです。お彩様にとって芳次郎様は三番目の婿にございます」

「再婚話はよく聞きますが、若いお彩様が三回目の婿とりですか」

「一人目のお方は海釣りに行かれて波に攫《さら》われ、二人目のお武家様は心臓《しんのぞう》の突然の急病で湯殿で亡くなられたそうな。二回ともお彩様と夫婦になって一年も過ぎぬうちに起こった出来ごとです」

「若親分、よう話してくださいました。それはお彩様が招いた不幸では決してございません。だが、おちょうにもそのような翳が感じられた、それが客をまた江の島に会いに来させた理由のような気がします」

お国の漠たる言葉に政次が大きく頷《うなず》いた。

「若親分、おちょうのことですが、今から八月《やつき》も前、一人の初老のお武家様がうちにお泊まりになり、おちょうを指名なされました。確かにおちょうにはお武家様の客が多いのでございますが、そのお方は初めての上に年寄りにございます。一夜を借りきるほどの金子《きんす》を前もって支払われた、その翌朝のことです。座敷に私と亭主を呼びつけられまして、おちょうの身を落籍《らくせき》したいが身請《みう》け金はいくらかと、いきなり言い出されたのでございますよ」

政次が虚を衝かれたようにお国を見た。

「初めてのお方にございますね」

「間違いなく初めてでした」

「ですが、おちょうさんのことを承知でこちらに泊まり、指名なされた」

「いかにもさようです」

「身分を明かされましたか」

「いえ、仔細《しさい》があって申せぬと。その代わり、そなたらの言いなりに落籍の金子は支払うと約定《やくじょう》したと仰《おっしゃ》いました。むろん私どもも金子は欲しい、ですが、おちょうがどのようなところに落籍《ひか》されていくのか知りたいと思いました」

「当然のことにございます」

「私どもはおちょうと話をさせてくれと願い、お武家様抜きで話し合いました。するとおちょうは、お武家様がそう望まれるのならば、落籍を受け入れたいと答えるのです。私はあの齢だ、妾《めかけ》かもしれないよ。どんな屋敷に連れていかれるか、不安じゃないかと尋ねました。するとおちょうが、私も齢です、行く末を考えると、私を望む人があるならばそうしたいと、はっきりと答えたのです」

「女将さん、おちょうさんにそれまで落籍話はなかったのですか」

「おちょうを気にいった客はいましたがね、だれも身請け金を持っているような客はいませんよ。確かに花が盛りの時に決心するのもいいかと、亭主も私も身請け話を承諾したのです」

お国の話が終わった。

それまで黙って聞いていた亮吉が、

「女将さん、おちょうはその場から年寄りに連れていかれたのですね」

と質《ただ》した。

「手先さん、いかにもその日の昼過ぎには二人で江の島を離れました。おちょうは小さな風呂敷包みだけで、他の持ち物は朋輩《ほうばい》にぜんぶ残していきました。着物も髪飾りも袋物からすべてをね、どうやら客の命《めい》のようでした」

「それが八月前のことですね」

「若親分、いかにもさようです」

「以来、おちょうさんの姿を見たことはない」

「ございません。ですが、うちの若い衆が偶《たま》さか鎌倉長谷《はせ》観音《かんのん》近くに用事で出かけた折、おちょうを身請けしたお武家に似た人を見かけたというのです。若い衆はその付近に住まいしているようななりのお武家様の後をつけたそうな。ですが、なにしろ人通りもない界隈《かいわい》のこと、ふうっと姿を見失ったそうな。それで若い衆はうちに戻って、私どもにそのことを報告致しました」

「驚かれましたか」

「てっきり江戸におちょうは連れていかれたと思うておりましたので、あのお武家様が鎌倉住まいとは仰天致しましたがね、考えてみれば隠居をしてもよいお歳《とし》、江戸を離れて後添《のちぞ》いか、妾に囲ったとも考えられます。若い衆にはそのことを忘れなさいと命じて、それっきりになっておりました」

「そして、芳次郎様が姿を見せられた」

「はい」

「鎌倉の一件、芳次郎様にお話しになられましたか」

しばしお国は沈黙し、

「私、いけないことをしたかねえ」

と呟いた。

「つい早乙女様の真剣さに負けて鎌倉の話をして、おちょうが幸せにしているのならばそおっとしていて欲しいと、くれぐれも言い聞かせて別れたんですよ」

「それが十四、五日前のことですね」

お国が頷いた。

政次と亮吉は島屋に一泊することなく江の島を発ち、海伝いに七里ガ浜、稲村《いなむら》ケ崎《さき》、由比《ゆい》ガ浜《はま》と出て、長谷観音への極楽寺坂切通《きりとおし》を通過した。もはや夕暮れの刻限で、初めての人間を訪ね歩くには遅かった。そこで鎌倉の若宮大路に出て、見かけた旅籠辻《つじ》が瀬《せ》に投宿することにした。

長谷観音のある界隈は鎌倉の町から離れていた。島屋のお国から聞いた事情では早乙女芳次郎の状況が切迫したり、危険が迫ったりしているとも思えなかった。

おちょうが隠居然とした武家に引き取られたとしたら、そのことを確かめた芳次郎は、もはやこたびの旅の目的は果たしたといえる。ならばなぜ江戸に戻ってこないのか。

「おれたちと入れ違いに江戸に戻ったたってことはないかね」

亮吉はそのことを訝《いぶか》しく感じていたらしく、辻が瀬の湯に入ったとき、政次にこのことを聞いたものだ。

「さあて、それは私にもわからない。明日、おちょうを身請けしたお武家が教えてくれるだろうよ」

と答えた政次だが、芳次郎が江戸に戻っているとは感じられなかった。

二

かつて、日本諸国から鎌倉に向かう道はすべて、

「鎌倉街道」

と呼ばれた。

鎌倉幕府が開かれたとき、日本に初めての武家社会が誕生したことになる。武士とそれを司《つかさど》る幕府を結び付けたものは、

「ご恩と奉公」

という主従関係の概念だ。武士の棟梁《とうりよう》たる将軍から命が下れば、諸国の御家人《ごけにん》は鎌倉に馳《は》せ参じて鎌倉を守らねばならなかった。その代償に将軍は御家人に土地を与えて、その忠節奉公に報《むく》いた。

鎌倉に急ぐ武士の集団のための道を拡張整備し、鎌倉街道と呼ばれるようになった。その主たる幹道は、武蔵路《むさしみち》、信濃路《しなのみち》と呼ばれた、

「上道《かみのみち》」。

奥州道中、奥大道《おくのだいどう》と呼ばれた、「中道《なかのみち》」。

房総街道、常陸《ひたち》街道を総称した、「下道《したのみち》」であった。その他、京から東海道筋を経て鎌倉にいたる京・鎌倉往還や、江戸湾沿いの六浦道が鎌倉幕府にとって重要な道だった。このように日本諸国から鎌倉にいたる街道が開削され、「鎌倉七口」を抜けて、それぞれの道は都に入った。

人工の切通の中で上道に通じるのが化粧坂《けわいざか》道、中道、下道から入ってくるのが亀谷坂《かめがやつざか》、巨福呂坂《こぶくろざか》など七口があった。

翌朝、六つの刻限までゆっくりと眠って英気を取り戻した政次と亮吉の二人は、相模灘《なだ》の海の幸の朝餉《あさげ》を食して六つ半過ぎに宿を出た。

若宮大路から長谷小路を経て、朝靄《あさもや》が緑の木々にまとわりつく長谷寺付近へと戻った。極楽寺坂切通の三俣《みつまた》で、たれぞ尋ねる人はいないか、起きている人家はないかと探してみたが、その気配はない。

「江戸と違って静かなもんだぜ。どこぞ人家を探してよ、叩き起こすしかないか」

と亮吉が言ったとき、靄の中から竹の背負子《しょいこ》を負った老婆が姿を見せた。

「お婆さんよ、尋ねたいことがあるんだ」

「はあ、なんだ」

「この界隈にさ、隠居したお武家様が住まいする家はねえか」

老婆が亮吉の顔をじいっと見て、

「高徳院の大仏はあっちだよ」

と自分が歩いてきた道を差し、

「まんだ狐、狸《たぬき》がうろついているべ。化かされるな」

と注意して海の方角に下っていった。

「ちぇっ、最初から耳の遠い年寄りか」

とぼやいて鬱蒼《うっそう》とした緑の中に寺の甍《いらか》がちらりと姿を見せた長谷寺に、

「若親分、寺に聞いてみねえか」

亮吉が政次に言い、山門がある方角を勝手に見当つけて歩き出した。

鎌倉の自然の地形は、三方を海からの高さ三百余尺の山が囲み、残る一方が相模灘だ。山間《やまあい》の谷筋を抜ける七口が鎌倉の都と外界を結ぶ出入り口だった。これらの切通は敵に襲われたことを想定して、わざと急坂や隘路《あいろ》を残し、敵を迎え撃つ、「防衛口」の役目を果たしていた。

政次と亮吉は大仏坂切通に向かう道から長谷寺と思える方向に戻り、なんとか山門に辿《たど》りついた。

長谷観音として知られる長谷寺十一面観音像は、数奇な運命の末に鎌倉に辿りついた謂《いわ》れを持つ。

養老五年（七二一）、徳道上人《しょうにん》は夢のお告げを得て、一木から二体の十一面観音像を彫らせた。像高本体はおよそ三丈三寸（九・一八メートル）、漆箔《しっぱく》の寄木《よせぎ》造り、木造の仏像として日本屈指の大きさだ。

奈良大和《やまと》の初瀬の地に長谷寺を創建《そうけん》し、このうちの一体を祀った。もう一体は、どこか有縁《うえん》の地で衆生《しゅじょう》を救うように願って上人は海に流したそうな。

二体目は十年余、海を漂い、相州三浦郡の長井浜に漂着した。そこで徳道上人が招かれて鎌倉外れに一寺が建立《こんりゅう》されたのだ。

天平八年（七三六）のことという。

そんな謂れを持つ長谷寺は、坂東三十三ヶ所観音霊場の第四番札所として、広く土地の人々に親しまれ信仰されてきた。

二人が広い境内を見通す山門に上がると、修行僧数人が朝の掃除をしていた。

政次は本堂に向かい、合掌すると作務《さむ》に励む修行僧に、

「作務の間にお邪魔致します。いささかお尋ね申したいことがございます」

と遠慮げに願うと、

「なにかな、旅の人」

と中の一人が応じてくれた。

「漠たる問いにございますが、この界隈に隠居したお武家様が若い女と一緒に住んでおられませぬか」

政次の問いに修行僧がしばらく間をおいて、

「鎌倉は五山を中心に発達した都でございます。元弘《げんこう》三年（一三三三）、上野《こうずけ》の御家人新田《にった》義貞《よしさだ》様が鎌倉幕府を滅ぼして以来、寺の都にござってな、江戸のようにお武家様は住んでおられませぬな」

と答えた。政次は勤めの手を休めさせたことを重ねて詫《わ》び、再び山門からの石段を下りて、

「さあて、どこに行こうか」

と亮吉が腕組した。

政次はそのとき、修行僧たちの視線が背中に張りついているような感じを持った。

「ともかく尋ね廻《まわ》るか」

二人は家と見れば訪《おとな》いを告げ、行き会う人には声をかけた。いつしか日が三竿《さんかん》に上がり、春の陽射《ひざ》しが鎌倉外れを照らし付けた。だが、なんの手がかりも得られなかった。

昼過ぎ、二人は長谷寺に登る海沿いの道に下りていた。

稲瀬《いなせ》川が相模灘に注ぐところに、

「うどん、めしあり」

と書いた幟《のぼり》を見付け、昼餉を食することにした。

「亮吉、高を括って鎌倉に来たようだね」

「島屋の男衆が出会ったという年寄りの武家だがね、住まいしている人間ではなく、江戸辺りから鎌倉見物にきた隠居だったんじゃないか」

「そのことは十分考えられる。だけどね」

と政次が迷うように黙り込んだ。

「どうしたえ、若親分」

亮吉が政次に問うところに若い娘が注文を取りにきて、釜上げしらすのうどんを二つ注文した。

「島屋の若い衆が勘違いしたとは思えないんだ。なんたって島屋は客商売だ、人を見る目はなみの人より長《た》けていよう。何年も奉公していたおちょうを身請けしていった武家を見間違うとは思えないんだ」

「ならばどうして見付け切らないんだ。この店にも尋ねてみようか」

「いや、止《や》めておこう」

「どういうことだ」

「朝方、最初に尋ねたのは竹籠《たけかご》を負った老婆だったね。あの年寄りから何人尋ねたか、七、八人ではきくまい。なのに一様にこの界隈に武家は住んでいないの一点張りの返事だ。なぜだと思うね、亮吉」

「だから、そのような武家は住んでいないからじゃねえか。これが八百八町に人が佃煮《つくだに》のように住む江戸ならば、あたり方が悪いとも考えられよう。長谷寺界隈を見てみな、樹木に竹林に野鳥の群れ、夜になると狐狸妖怪《こりようかい》が姿を見せると、だれかが言わなかったか。こんなところに年寄りの武家が飯盛り上がりの若い女と住んでいれば、すぐに評判になるぜ」

「だろうね」

「それが、あたりがねえ、住んでないということにならないか」

「亮吉、私は夜を待ってみたい」

「ほう、狐狸に尋ねようという寸法か」

「まあ、そんなところだ」

「夜までまだだいぶ間があるぜ。うどん食ってどうするよ」

「前は浜だよ、陽射しもよし、浜で昼寝でもしないか」

「江戸から鎌倉に来て由比ガ浜で昼寝かえ、菊小僧《きくこぞう》探しの面々が聞いたら、なんというかね」

「無駄に動いてもだめなときは、だめだよ」

と政次が覚悟を決めたように言ったとき、釜上げしらすがこんもりと載ったうどんが出てきて、二人は海を見ながらうどんを啜《すす》りあげた。

江戸の金座裏では八百亀《やおかめ》以下手先の面々が縄張り内の町廻りを続けながら、菊小僧探しに精を出していた。だが、しほが描いた菊小僧の手配書の反応は上々だが、実際に菊小僧に結びついたということはなかった。いや、そんな知らせの中にまぎれていたのかもしれないが、知らせを受けて手先たちが駆け付けたときには菊小僧の姿どころか、猫一匹あたりにいないという有様であった。

この日、金座裏に柳原土手《やなぎはらどて》の露天商から富沢町に仕入れに行って、古着問屋の伊勢《いせ》屋喜左衛門《やきざえもん》方裏手の空き地の銀杏《いちよう》の木の下、稲荷《いなり》社前の日だまりで疲れ切って寝ていた猫が手配書の絵にそっくりだったという知らせを受けて、常丸《つねまる》、波太郎《なみたろう》、弥一《やいち》の三人が富沢町に駆け付けた。

伊勢屋は富沢町を仕切る町名主の一人で、一年の古着の扱い高は何千両にも上る大《おお》店《だな》だった。

常丸らにとっては縄張り内のこと、尋ねなくともその空き地に駆け込んだ。五十数坪の空き地で、たしかに大銀杏があって、その下に富沢稲荷の社《やしろ》があり、赤い前だれをかけられたお狐様二匹が向き合っていた。

だが、猫の姿はどこにもない。

常丸は巾着《きんちゃく》から銭を摑《つか》みだし、賽銭《さいせん》箱に放り込むと、

「お稲荷様、金座裏の飼い猫菊小僧を探しております。どうか、菊小僧を探しあてられるように力を貸して下さい。おかみさんが茶断ち、甘味断ち、昼餉抜きで頑張っております。そのうち、三度の飯断ちなんてことになったら、ほんものの病になっちま

います」

と両手を合わせて祈願した。

「常丸の兄さん、どこにも猫の姿はないよ」

弥一が情けない声を上げた。たしかに辺りを見回しても猫一匹姿は見えなかった。

「お狐様と猫は相性がよくないかね」

「波太郎、他の猫と相性が悪くてもよ、菊小僧とウマが合うんならそれでいいんだよ」

「ウマが合うね、菊がお狐様と合うかね」

「伊勢屋に寄ってみよう。大勢の奉公人と仕入れの客がいるんだ。なにか情報を持っているかもしれないや」

常丸は表に廻り、昼下がりの伊勢屋喜左衛門の店先に敷居を跨《また》いで入った。

「おや、金座裏の手先衆か、猫は見つかりましたかね」

帳場格子の中から店じゅうに睨みを利かせていた大番頭が常丸たちに先手を打って聞いた。

「大番頭さん、ご存じでございましたか」

「ご存じもなにも金座裏で飼い猫を探していると、仕入れに来る担ぎ商いがみんな話していくんだよ。金座裏では猫を見付けた人間にはなにか褒美でも用意していなさるのかね」

「格別にそんな話は出ておりませんが、おかみさんがこたびの一件じゃ、結構堪《こた》えてなさる。菊小僧を探し出した人を手ぶらで帰すようなことはないと思いますがね」

と常丸が答えていた。

「おみつさんが寝付くほどですか。それはおまえさん方も必死になるね」

「御用のついでに、こうして探し廻っているんですがね、今日は古着を仕入れに柳原からきた露天商がこちらの裏手の空き地で菊小僧そっくりの猫が寝ていたというんですよ。それで駆け付けたんだが、影もかたちもないや」

「そういうことでしたか、相手が畜生ですからね。じいっとはしていますまい。だけど、富沢稲荷の日だまりにいたとなると、猫婆さんが承知のはずですよ。空き地の西側に棟割《むねわり》長屋があってね、木戸の左の長屋に住む糊屋《のりや》の婆さんがこの界隈の猫の元締めですよ。聞いてごらんなさい」

と大番頭から有力な情報を得て、三人は再び空き地に戻った。すると稲荷社に腰の少し曲がった老婆が立っていて、西に傾いた陽射しが作る光の中に一匹の三毛猫がいた。

「あっ、菊小僧だ！」

弥一が大声を上げ、驚いた猫が飛び上がって空き地の奥へと走り消えた。

常丸は、その猫がたしかに菊小僧に似ていたが大きさも違い、動きも異なることを一瞬にして見抜いていた。

「うちの猫をなんで脅かすんだよ」

老婆が弥一の大声を咎《とが》めた。

「すまねえ、婆さん。おれっちは金座裏の手先だがよ、家出をしてしまった猫を探しているんだ。伊勢屋さんに仕入れに来た柳原の商人がさ、ここの日だまりでうちの菊小僧に似た猫が昼寝をしていたってんで、こうしてきたところだ。最前の猫は婆さんの猫だね」

「菊小僧だかなんだか知らないが、あれはうちのミケですよ。日中はいつもここで居眠りしているから間違えたんだね」

「すまねえ、うちの見習いが早とちりをしてしまった」

「金座裏の猫探しは世間の評判になっているよ。ふらりと出ていった猫を探すのは、まず難しいよ。追っかければ追っかけるほど相手は遠くにいっちまうからね。気長に帰りを待つんだね、とおかみさんに伝えておくれ」

と猫婆さんが常丸らにおみつへの伝言を頼み、この情報も無駄に終わった。

暮れ六つ過ぎ、政次と亮吉の二人は大仏坂の切通にいた。大仏坂は長谷と梶原《かじわら》を結び、藤沢へと通じる七口の一つだった。

由比ガ浜で春の光を浴びて一刻半（約三時間）ほど眠り込んだ二人は、朝からの無駄骨の探索をいったん忘れて新たな気分で探索にかかろうとしていた。

「若親分、どうするよ」

「もう少し暗くなれば、あちらのほうからお出ましになるよ」

と政次が謎《なぞ》めいた言葉を告げた。

「どういうことだえ」

「こうは考えられないか。朝方から私たちが尋ねた人たちの答えはすべて虚言だったと」

「なんのためだ。年寄りの武家に頼まれたからか」

「それもあるだろう。だが、ともかく私たちを武家と会わせたくない事情がなにかあると思わないか、亮吉」

「事情ってなんだえ」

「それはね、これから出会う人が教えてくれるような気がするよ」

そう答えた政次は竹林に残照がおぼろに残り、間引きされた竹の山から四尺（約一・二メートル）ほどの竹棒を二本選び出してその一本を亮吉に渡した。

「おりゃ、竹杖《たけづえ》を持つほどもうろくしてないがね」

「狐狸を追い払うのに役に立つよ」

「おい、政次若親分よ、この界隈に狐狸が凄んでいるのか」

「と思ったんだがね」

政次は竹棒を手に大仏坂から長谷寺の方角にゆっくりと戻り始めた。すると、すとん
とお日様が音を立てたかのように落ちて残照が薄れていき、薄闇《うすやみ》が二人の周りを覆った。

「畜生、灯りを用意してくるんだったな」

と亮吉が呟き、

「狐狸に灯りは禁物だよ」

と政次が応じた。

二人は一歩ごとに宵闇が濃くなる大仏坂の下り道を長谷寺へと下って行った。する

と政次は二人の行動を見詰める、

「眼」

を感じ取っていた。

「若親分、囲まれてないか」

と亮吉が囁《ささや》いた。

「狐狸だよ」

「まさか」

「今に分かる」

二人は囁きを交わしながら相模灘の方角へと下りていった。すると前方に一つ、人影が現れて、政次らの行く手を塞《ふさ》いだ。

三

政次と亮吉は足を止めた。

相手との距離は二十数間《けん》あった。

弦月《げんげつ》の明かりが行く手に立つ武家の姿を蒼《あお》くおぼろに見せていた。

羽織袴《はかま》に大小を差し、面体《めんてい》を頭巾《ずきん》で隠していた。立った構えから壮年と察せられた。

江の島の島屋からおちょうを落籍した人物ではなかろう。また、なりから不逞《ふてい》の浪人者でも剣術家でもない。大名家か大身《たいしん》旗本か、身分のある人物と思えた。

ただ政次と亮吉の行く手を塞ぐように無言で立っていた。

「亮吉、口を利くんじゃないよ」

政次は亮吉にだけ分かる声で命じた。合点だと小さな声が応じて、二人は再び歩き出した。

政次と亮吉のこの日の行動に関わりがあって前後を塞いだ面々であることは確かだ。おちょうは隠居した武家の後添いになったとか、妾に選ばれたという話ではどうやらないような展開だった。

早乙女芳次郎は彩とよく似た女のおちょうの行方を追った末に面倒に巻き込まれたのだ。

殺気は感じられなかった。だが、事の次第では刀にかけても解決する意志が無言の態度に感じられた。

政次らは七、八間まで間合いを詰めた。右手には寺の土塀が延びていた。

ふわり
と左手の闇から数人の人影が現れ、頭巾の武家を守るように立った。さらに政次と亮吉は相手との間合いを詰めて三、四間で足を止めた。

「土塀を背に」

政次は亮吉に命じ、亮吉が即座に応じた。これで亮吉は後ろから迫る人影と前方の面々の両方を見通せることになった。だが、政次の眼は前方の武家を見詰めていた。

「後ろが間合いを詰めてきやがった」

亮吉の声を政次は大仏坂からの下り道の真ん中で聞いた。

「何者か」

一統の頭分の武家が尋ねた。

無言劇が終わった。

「わっしらは鎌倉見物の人間でしてね、懐には使い残したわずかな金しかありませんぜ」

政次はいつもの口調を消して答えた。相手の正体を引き出すために、こちらの身元は知らせないほうがいいと思ったからだ。

「深夜に鎌倉見物でもあるまい」

「仏の郷にはかような茶番もございますので、それなりに面白うございますよ」

と答えた政次が、

「道を空けてくれませんかえ」

と願ってみた。

「何用あってこの界隈を尋ね歩く」

「鎌倉じゃ道を訊いてもいけませんかね」

「ふざけた言葉を吐くでない」

「お武家様、お互いに腹を割りませんかえ」

「何者か、そのほうらから申せ」

「失せ人探しにございましてね。そのお方のお袋様が案じておられるのでございますよ」

「失せ人じゃと、名はなんと言うか」

「お武家様が教えてくれませんかえ」

政次の背後の侍が鯉口《こいぐち》を切った気配がした。

土塀を背にした亮吉が低い姿勢から竹棒を構えて後ろの動きを牽制《けんせい》した。

だが、相手は亮吉の小柄な体と竹棒を見抜いていて、気にも留めていなかった。狙《ねら》いは体の大きな政次だけなのだ。

「早乙女芳次郎様って直参《じきさん》旗本のご次男ですがね」

「おぬしら何者か」

「おまえ様方も名乗りなせえ」

政次の再三の問いにも相手は答えようとはしなかった。

「それとも、おちょうを落籍したご隠居様に会わせてくれますかえ」

政次の言葉が終わらないうちに殺気が政次の背に迫り、亮吉が、

「あっ！」

と叫ぶ声と重なった。

政次の長身が気配もなく、くるりと回転して手にしていた竹棒が地面から跳ね上がり、いきなり斬《き》りつけてきた武士の胸を鮮やかに突いていた。

四尺の竹棒の長さを利用した片手突きだった。

直心影流《じきしんかげ》神谷丈右衛門《かみやじょうえもん》道場で朝稽古を積んできた手練《しゅれん》の技が相手を後ろにふっ飛ばしていた。

二人目が政次に迫った。

だが、その時、政次は竹棒を両手に構え、相手との間合いを十分に測り、踏み込んでいた。

間合いが切られ、相手の刃が政次の胴を襲った。だが、竹棒が一瞬早く唸り、相手

の首筋を叩いて、その場に押し潰した。

政次の背後から数人が迫った。

「てめえらの相手は、独楽鼠《こまねずみ》の亮吉様だよ」

低い姿勢から政次の背を斬りつけようとした相手の臑《すね》を竹棒で払い、地面に転がした。

「そやつを始末せえ」

と後ろから迫った一人が仲間に呼びかけた。

刃が月明かりに蒼く煌《きら》めいて亮吉に向けられた。

「くそっ」

と吐き捨てた亮吉が竹棒を構えて、

「おれも金座裏の宗五郎親分の手先の亮吉だ、斬れるものなら斬ってみやがれ。青い血が出たらお代はなしだ。あっさりと三途《さんず》の川を渡ってやるよ」

と啖呵《たんか》を放った。

相手が無言で刃を振りかぶり、亮吉に向かって踏み込もうとした。

「待て」

と一統の頭分が制止の声を上げた。

政次と亮吉に迫ろうとした面々の動きが一瞬にして止まった。政次と亮吉に竹棒で倒された武士らも頭分のもとへ下がった。頭巾の武家がその一人に何事か囁いて命じた。

襲撃者は再び闇に消え、大仏坂からの坂道に頭分だけが残った。

「そなたら、金座裏の宗五郎の手先か」

政次は相手が対応を変えたことを悟った。ならばこちらもやり方を違えねばならないと思った。

「お武家様、私は金座裏の十代目、当代の宗五郎の跡継ぎの政次にございます」

「金流しの跡継ぎと申すか」

政次は手にしていた竹棒を捨てると、背に斜めに差しておいた袱紗《ふくさ》包みの長十手を抜いて、握りの部分の袱紗を払い、月明かりに翳《かざ》して見せた。

「家光様ご公認の金流しの十手か」

「はい」

ふうっ

と相手が大きな息を吐いた。

「まさか、かような面倒に巻き込まれるとはのう」

「お武家様、互いに腹を割りませぬか。解けぬ紐も気長に話し合えば、そのうち緩んでまいりましょう」

しばし相手は沈思した。

「相分かった。じゃが、すべては明日だ。そなたら、今宵の宿はどこか」

「昨晩は若宮大路の辻が瀬に泊まっておりました。ですが、今日の具合でどう転ぶか分かりませんので宿を引き払いました。いささか遅い刻限ですが、なんとか同じ旅籠に願って泊めてもらいます」

「ならば明朝五つ、使いを辻が瀬に立てる」

「私どもをどこぞにご案内いただけるのでございますか」

「そう思うてくれ」

「一つだけお聞かせ頂けませんか。早乙女芳次郎様は無事でおられましょうな」

「それも明日に答えよう。それがしにはその権限はないのでな」

と相手が答えた。つまり梅鉢《うめばち》紋の武家よりも偉い人物が背後に控えていることになる。となると大身旗本か大名家がからむ話だ。

「お武家様よ、このままトンずらってことはないよな。おれっちだって江戸から遊びに来たんじゃねえんだぜ」

亮吉が念を押した。

「手先、武士に二言《にごん》はない。いささか込み入った話なのだ。すべて、さるお方のご判断に任されよう」

と相手の武士が言い切った。

「お武家様、辻が瀬にてお待ちします」

政次が言い切り、

「そなたの心遣いを無にはせぬ」

と言い残した頭巾の武家が長谷寺の山門前へと下り、石段を上がって境内に消えた。

「梅鉢紋の侍のあとを尾《つ》けようか」

「亮吉、今夜のところは相手の言葉を信じようじゃないか。それよりも若宮大路に下って、辻が瀬に掛け合わねば今晩由比ガ浜で寝ることになるよ」

「昼間はいいが夜はご免だぜ。仲春の夜の浜はけっこう厳しいぜ」

「ならば急ごうか」

二人は長谷小路を急ぎ足で若宮大路に出たとき、どこの寺で打ちだしたのか四つ（午後十時）の時鐘が鳴り始めた。

旅籠辻が瀬の潜り戸を叩いた亮吉が掛け合い、なんとか土間に入れてもらった。

「おや、昨晩お泊まりのお客さんだね。なんですね、泊まるなら泊まると言っておいてくれれば昨夜の座敷を空けておいたのに」

と男衆が言い、二人の様子を改めて確かめ、

「おまえさん方、夜盗の手引きじゃないよね」

と聞いた。

「夜盗の手先ね、ちょいと惜しいな」

「えっ、押込みですか」

「冗談いうねえ。おれたち、御用の筋の者でな、今晩どうなるか分からなかったのだ」

「御用の筋ですって、江戸の方ですね」

「金座裏の宗五郎の身内だよ。こちらは政次若親分、おれは手先の独楽鼠の亮吉様だ」

「昨夜は呉服屋の手代さんでしたね」

疑いの眼で見る男衆に政次が最前武家に見せた金流しの十手を出して袱紗を開いて見せた。

「これがほんものの金流しの十手」

男衆がごくりと唾《つば》を飲み込んだ。

「夜分遅く申し訳ございません」

と政次が丁重な言葉遣いに変えて応じた。

「若親分、部屋は階段下の三畳間しかございませんよ。それに湯はもう落としましたしね。腹具合はどうですね」

「男衆さんよ、だんだん話が分かってきたな。なんでもいいや、口に入るもんと熱燗《あつかん》を二、三本くれないか」

と濯ぎ水を貰って足を洗い、階段下の三畳間に入った亮吉が、ふうっ、と大きな息を吐いた。行灯が届けられ、なんとなく二人は腰を下ろした。

「若親分、信じてよかったのかね」

「それしか手はなかったよ。あちらには込み入った事情がありそうだよ。一晩かけて対策を練って私どもと会おうと咄嗟《とっさ》に判断なされた梅鉢のお武家の言葉を信じるしかないね」

「早乙女芳次郎様は、まさか殺されたってことはないよな。おれたちだって殺されかけたんだぜ」

「そのような事態だけは避けたいね」

と政次は答えただけだった。

「お待ちどおさま」

と男衆の声がして、熱燗と膳が運ばれてきた。


翌朝、五つの刻限、若侍が若宮大路の旅籠辻が瀬の前に立ち、

「番頭、金座裏の政次なる者が泊まっておるか」

と訪いを告げた。

「へえ、お待ちでございます」

政次も亮吉もすでに朝餉を終え、仕度を終えて土間の隅で待っていた。亮吉が、

「お迎えご苦労に存じます」

と声をかけると若侍が政次らを振り見た。

昨晩、大仏坂の襲撃者の一人であったかどうか、少なくとも喉元などに怪我《けが》の痕《あと》はなかった。

「若親分、今晩、部屋はどうするね」

と見送りに出た男衆が声をかけてきた。

「さあてな、相手次第だ」

「階段下の三畳間なら、いつでも空けておくよ」

と送り出された。

若侍は政次らより二つ三つ若かった。

「こちらに」

若侍は若宮大路から直ぐ路地へと案内し、若宮大路の東側を流れる滑川《なめりがわ》に架かる橋を渡って、長閑《のどか》な畑作地の間をいく野道に二人を導いていった。

「お侍さん、名を聞いてもいいかえ」

亮吉が肩を並べた若侍に声をかけた。だが、返答は戻ってこなかった。

「昨夜もよ、結局無言は通しきれなかったがね」

亮吉が相手を挑発するように言ったが返事はない。

「仕方ねえや、おれが独りで喋るよ。おまえ様はウンもスンも応じなくていいからさ。鎌倉ってところはな、昔は武家の都だったそうだな。だが、鎌倉幕府は跡かたもなく、神社仏閣ばかりが目立つのが今の鎌倉だ、だろ」

亮吉の問いに思わず若侍が頷いた。

「ということは、おまえ様もふだんは江戸に暮らしているってことじゃないか。いいんだいいんだ、返答はしなくてさ。どうせ、おまえ様方の大将がお話し下さろうじゃないか」

亮吉は長閑に霞む鎌倉の田園地をいく道に安置された地蔵様にぺこりと頭を下げ、

「おまえ様の屋敷は深川外れか」

「深川外れなどではない。数寄屋《すきや》橋御門内である」

亮吉の戯《ざ》れ言《ごと》に乗せられて返事をした。

「なに、南町奉行所の側《そば》か。となると摂津《せっつ》高槻《たかつき》藩永井様、三河《みかわ》岡崎藩の本多様、常陸笠間藩牧野様、下総古河《しもうさこが》藩土井様あたりか。どうやら顔付きからして違うな。おお、おまえ様のなんともしっかりとした顔立ちだ。西国筋にありそうな顔立ちだが、訛りがねえ。そうか、江戸屋敷育ちか、そうだろ」

亮吉のお喋りに掻き回され、相手が思わず頷いた。

「となると肥前《ひぜん》島原藩七万石の松平主殿頭《とのものかみ》様のご家中かえ」

相手はなにも答えなかった。答えなかったことが肥前島原藩の松平家中だと告げていた。

「いいんだいいんだ、なにも松平ご家中とおまえ様が答えたわけじゃなし、おれがさ、勝手に推量しただけなんだからさ」

と答えた亮吉が畑地で働く農夫を見て、

「春おぼろ、なんとも気持ちがいいやね。江戸屋敷で奉公もいいが、たまには鎌倉辺りにのんびりするのも悪くねえな」

と相変わらず独りで喋り続けている。

政次は亮吉のお喋りがもたらした肥前島原藩松平家になんぞ騒動があったかどうかを考えたが、残念ながら松坂屋時代、金座裏に鞍替えした後も島原藩とは全く縁がなかったことを思い出しただけだった。

そして、島屋の若い衆がおちょうを落籍した老武家を大仏坂の長谷寺付近で見かけ、昨夜も大仏坂で梅鉢紋の武家ら一統に囲まれたにも拘《かか》わらず、だんだんと長谷寺付近から遠ざかることに訝しさを感じていた。

だが、案内する若侍に過剰な緊張は感じ取れなかった。ということは、これから会う人物は、政次を金座裏の十代目として遇そうとしているのではないかと、考えた。

行く手に小高い衣張山《きぬばりやま》が見えてきた。

松坂屋時代、鎌倉のお寺様の大黒《だいこく》として嫁入りする大店の娘のための花嫁衣装の註《ちゅう》文《もん》があった。そのとき、老練な番頭のお供で鎌倉に出向き、この界隈を歩いたことを思い出していた。

たしかこの道を行けば大御堂《おおみどう》ヶ谷《やつ》にある釈迦堂《しゃかどう》口切通に通じるはずだ。釈迦堂口と呼ばれるのは、三代執権《しっけん》の北条泰時《ほうじょうやすとき》が亡父義時《よしとき》のために建立した釈迦堂があることに由来する。

「こちらにござる」

ふいに若侍が釈迦堂口切通下の竹林の中の小道へと政次らを誘《いざな》った。

四

竹林の中に隠居家風の藁《わら》ぶき屋根と蔵や納屋がいくつか点在していた。だが、庭はどことなくふだん常住していないことを示して落ち葉が積もり、荒れていた。

若侍は政次だけを隠居家に案内した。

そこに壮年の武家が独り待ち受けていた。羽織の紋どころの梅鉢は昨夜の襲撃団の頭分であることを示していた。

襖越《ふすまご》しの隣室に人の気配が感じられた。だが、政次は知らぬ振りを通すことにした。

「金座裏の若親分、昨夜は不手際なる所業、失礼仕《つかまつ》った」

「私、いかにも金座裏の駆け出しの政次にございます。されどお武家様とは初対面にございます。どなたかと人違いをなされているように存じます」

なに、と抗弁しかけた相手が、

「おお、そうであった。陽気のせいか他人と間違《まちご》うてしまった」

政次の心遣いに気付いて対応を変えた。

「ところで金座裏の若親分が鎌倉に遠出をしてきた理由はなんだな」

「いささか事情がございます。ご存じのことばかりでお退屈やもしれませぬが、最後までお聞き頂きとうございます」

「拝聴しよう」

「この一件、金座裏の御用ではございません」

と改めて政次は宣告した。

「承《うけたまわ》った」

「私、呉服屋の手代から金座裏に鞍替えいたしましたために捕物の一から修業をし直すことになりました。捕物の際、身を守る修行として赤坂田町直心影流神谷丈右衛門先生の門弟の端に加わえて頂き、武術とはなにか初歩から教えて頂きました。その折、親しくして頂いた兄弟子《あにでし》から御従兄弟《いとこ》が祝言を前に屋敷を出た、家族には家出の理由が見当つかぬ、また部屋住みの身ゆえ十分な金子《きんす》も持っておらぬ、剣術仲間の誼《よしみ》で金座裏に願う、従兄弟の早乙女芳次郎を探して、両家が望む祝言の座につけてくれぬか、それは芳次郎も相手の花嫁も望んでいるゆえじゃと請われました」

「祝言を直前に控えてその者、屋敷を出たと申すか」

「はい。そこで養父である九代目宗五郎は、私にこの失せ人探しを命じました。およその事情を知るのは同道の手先亮吉一人だけにございます。敢《あ》えて申し上げますが、金座裏が幕府開闢以来、金流しの十手を金看板に御用を務めてこられたのには理由がございます。目を瞑《つぶ》る話には目を瞑り、口を固く閉ざす時は口を閉ざす術を代々の親分から叩き込まれてきたからにございます」

相手が首肯した。

「なぜ早乙女芳次郎様が家出なされたか、そのわけを私に教えてくださいましたのは早乙女様の剣術仲間、同じ部屋住みの友にございました。話は退屈でございましょうか」

と政次は相手に尋ねた。

「いや、知らぬことばかりである。話を続けてくれぬか」

相手の正直な返答に頷いた政次は、

「一年半も前のことにございます。剣術仲間で大山詣でをなし、帰り道、江の島に遊んだそうな」

相手の顔に俄《にわ》かに緊張が走った。

「続けてようございますね」

「続けてくれと申したぞ」

「若い方々にございます。江の島のとある旅籠に泊まった芳次郎様方は旅の徒然《つれづれ》に女を呼ばれて一夜を楽しく過ごされたそうな」

「早乙女某の相方の名は分かるか」

「おちょうにございます」

やはり、と相手が頷き、隣室の人物も反応を示した気配が政次に伝わってきた。

「なぜ祝言を前に一年半も前に遊んだ女の許《もと》に戻ってきたか。男は往々にしてかような場合、独り身の名残に今一度と考えるものじゃが、早乙女芳次郎の場合もそのような理由か」

「いえ、違います」

「なに、違うとな」

「早乙女様はそのように不謹慎な理由で江の島に戻られたのではございませぬ。祝言の相手とこれから終生共に歩むために確かめたいことがあったのです」

「話が分からぬな」

「もうしばらくご辛抱願えますか」

「話の腰を折ったな、相済まぬ」

「早乙女様の嫁様になるお方と、一年半前に一夜を共にした女とは顔もなにも瓜二つであったそうな。そのわけを芳次郎様は確かめに江の島に来られたのでございます」

「なに、江の島の遊び女と祝言の相手が同じとは、どういうことか」

相手が自問するように呟いた。

「私は芳次郎様の嫁様を取り上げた産婆に会い、知り得たことがございます。芳次郎様のお相手は一人で生まれたのではございませんでした。双子の姉妹で誕生したそうな」

ああ、と小さな驚きの声が隣室から漏れた。

「双子は往々にして武家方や大店では不吉とか申し、一人を密《ひそ》かに産婆などの手を借りて、子がない家に預けたり、貰い子として譲ったりすることが習わしとしてございますな」

「おちょうはその双子のかたわれであったか」

「はい。おちょうと養家で名付けられた赤子の出自でございますが、格別に大身ではありませぬ。されど直参旗本の立派なお家柄にございます」

「おちょうは武家の血を引いておったか」

相手が得心したように言った。

「そのおちょうにございますが、江の島の島屋方ではお武家様の馴染みがあったとか、おちょうはお武家様を安心させるなにかを持ち合わせていたのでございましょう。ともあれ早乙女芳次郎様はそのことを確かめに来られただけにございます」

「それにしても一夜の相手の出自を知ろうとする者の気持ちが今一つ分かり兼ねる」

「名無し様、こちらにも曰《いわ》くがございますので」

「名無しな」

「失礼にございますが、私はそなた様の名を承知しておりませぬ」

「若親分、藩名などは申せぬ、許されよ。それがしは佐竹富十郎《さたけとみじゅうろう》である」

「佐竹様、早乙女様のお相手は三度目の婿とりにございました」

と前置きした政次は神藤家の彩がなぜ三度目の婿とりを行わねばならないのか、二人の婿の夭折《ようせつ》を語り聞かせた。

「早乙女様のお相手にはなんの罪咎《つみとが》もございません。ただ、そのような星の下に生まれついた、と申し上げるしかございません。そして、三度目の早乙女様とは共に白髪の時まで添えるようにと心に秘めて見合いに臨まれたのでございましょう。そのことを察せられた早乙女様は……」

「……一年半前の一夜の相手を確かめるべく相州江の島にまで足を延ばしてきたのか」

「はい。そして、島屋でおちょうという名の女が一夜名指しした隠居風の武家に身請けされたことをお知りになられた」

「おちょうの行方は消えた、それ以上のことは」

「それが数か月後、島屋の男衆が偶然にもこの鎌倉の長谷寺付近でおちょうを身請けした老武家を見かけたそうな。そのことを島屋方で聞き知られた早乙女芳次郎様は、私どもがそうしたように鎌倉に来られ、聞き込みをなさったのでございますよ。仔細はこのようなことでございまして、早乙女様には他になんの魂胆もございませんので、ご隠居様」

　と襖の向こうに政次は最後に話しかけた。

　しばし沈黙の後、

「相分かった」

　と応じた声の主が立ち上がり、政次に応対していた佐竹が襖を開けて着流しの人物を座敷に迎え入れた。

「金座裏の政次とやら、造作をかけた」

「なんのことでございましょう。佐竹様にも申し上げましたが、こたびのことは御用ではございません。復命すべき人間がいるとしたら、私の養父の九代目宗五郎だけにございます」

「よう分かった」

と相手が言い、

「こちらにも、いささか仔細があってな」

「で、ございましょうな」

お聞かせ願いますか、と政次は口にしなかった。その代わり相手が話し出すのを気長に待った。

「江戸からわざわざ来たそなたになにも話さぬでは、そなたも江戸に戻れまい。だが、いささか差し障りがあることでな」

「ご隠居様、金座裏には為してはならぬ掟《おきて》があると申し上げました」

「いかにもさよう聞いた」

政次は羽織の下の背に斜めに差した袱紗包みを出すと、膝の前に置き、布を披《ひら》いて金流しの十手を見せた。

「肥前島原藩の秘密を守れと申されるなれば、この十代目宗五郎を継ぐ政次、金流しの十手にかけて守り通します」

二人の視線が畳の上の長十手に釘づけになった。

「これが金座の後藤家から贈られ、家光様以来将軍家お許しの十手か」

と隠居が洩らし、

「詳しい話は許してくれぬか」

「はい」

「そなたが見抜いたように、われらは島原藩の家臣である。こたびのこと、藩主の弟御に関わる話でな、そのお方が偶然にも江の島で遊び、おちょうに一目惚れした。大名家とは申せ、部屋住みである。気楽な遊興であった、それが惚れた弱みで何度か馴染みを重ねた。さあて、この部屋住みの若様がさる小藩から婿にと所望されたのだが、若様は部屋住みがよいとあっさりと断られた。われらがあれこれと若様に事情をお明かし下されと願った末に、江の島の遊び女《め》に惚れたゆえ、この女を側《そば》に置くことを許すというならば、婿に行ってもよいと胸の中を明かされた。金座裏、小なりといえども大名家の婿に遊び女が側室として許されるかどうか、我ら家臣一同、いったんは相手方にお断り申した。ところが相手方も聡明《そうめい》な若様になんとしても婿入りしてほしいと重ねて申し入れてくるし、それがし、相手方の家老どのと膝を交えて正直に事情を告げたのだ。すると相手が、古《いにしえ》から遊び女が武家の妻になった例はないでなし、すべてはその女性《にょしょう》次第ということになってな、先方のご家老どのがお忍びで江の島に行かれ、おちょうの評判を調べた。それが殊の外に評判がよろしい」

「そこでご隠居様が島屋にお出ましになり、おちょうの人物を改めて観察した末に、身請けなされたというわけでございますか」

「そういうことだ」

と答えた隠居が、

「わしはもはや役職から身を引いて念願の鎌倉に隠居所を構えておったでな、この役が回ってきたのだ。そして、わしの下で武家作法の諸々《もろもろ》を教え込もうと始めたところであった」

「おちょう様は覚えのよい女子《おなご》にございましたか」

「聡明な鶴《つる》……、いや、若様が惚れられた相手だ。武家方にもないほどの清々《すがすが》しさと翳を持っておった。最前、襖の向こうでそなたの話を聞いておって驚いたことがいくつかある。早乙女某が所帯を持つ相手も二度とも夫を早くに失《な》くしたそうな。この双子の姉妹にはそのような翳が身に備わっておるのかとな」

「ご隠居様、おちょう様も早乙女様のお相手も、確かに不運な道を歩いてこられたような気がします。されど、おちょう様は聡明な若様を、そしてその姉様は早乙女芳次郎様を伴侶《はんりょ》として過ごされる。となれば、これまでの不運は幸運に変わる気がします。

「いかがにございますか」

「われらもそれを思うて、おちょうを別の人物に変える習い事をと考えた矢先だ。そこへ早乙女芳次郎なる人物が長谷寺界隈でおちょうを探し歩いておるとの、思いもかけなかった事態が出来《しゅったい》したのじゃ」

「ご隠居様のご家中も若様が婿入りする大名家も、おちょう様の履歴は守り抜かねばならない秘密にございますな」

「いかにもさようだ」

「早乙女様は存命にございましょうな」

政次は一番肝心なことをついに訊いた。

「命に別条はない。じゃが、おちょうを身請けした隠居、つまりわしを聞き回るその者を密かに捕らえて、なぜこのような行動をとるのか尋ねようとした。だが、若い者同士でつい相手も剣を抜き、こちらも六尺棒や木刀で立ち向かったでな、早乙女芳次郎の左腕を骨折させてしまった。直ぐに長谷寺近くのわが隠居所に医師を呼び、治療させたで、時がくれば治ろうと思う」

政次は芳次郎が元気でいることに一先《ひとま》ず安心した。

「早乙女様に尋問をなされましたか」

「むろん為した」

と佐竹が応じた。

「ところが姓名を名乗っただけで、おちょうに会わせろの一点張り、事情を告げぬのだ。いささか手を焼き始めたころ、こんどはそなたらが、長谷寺から大仏坂を早乙女と同じような聞き込みを始めた。もはやこの先は説明せんでもよかろう。いや、最後に、ご家老、いやもはや隠居なされた元ご家老に相談申し上げ、そなたと長谷寺の隠居所とは別の場所を借り受け、会うことにした。だが、さすがは金座裏の跡継ぎになるほどの人物、なぜかわれらのことまですでに承知しておった。なぜかのう」

「聞かぬが花にございます、佐竹様」

と応じた政次は、

「私の務めは早乙女様を江戸に連れ戻すことにございます。このこと、いかがにございますか」

「金座裏の若親分、そなたは早乙女芳次郎を知らぬな」

「存じませぬ」

「頑《かたく》なな男でな、こうと決めたら梃子《てこ》でも動かぬ人物だ。当家としてはこれ以上おちょう様のことを、今や別の名で生きておられるが穿《ほじく》り返されたくはないのだ」

政次は佐竹らの当惑も分かった。しばらく沈思し、

「ご隠居様、佐竹様、私と早乙女様を二人だけで会わせてくれませぬか」

「説得すると申すか」

「ご隠居様と佐竹様はお隣に控えておいで下さって宜しゅうございます。その上で江戸に戻してもよいとお考えになられたら、この屋敷からお引き揚げ下さい。金座裏の名にかけて、早乙女様をお説きしておちょう様の一切を忘れさせまする」

と政次は約定した。

四半刻（約三十分）後、目隠しされ、左腕を三角布で吊った武士が疲れた顔で部屋に連れられてきた。

「早乙女芳次郎様、この場にお座り下さいまし」

と手をとって座布団に座らせた政次は、

「もうしばらく目隠しは外さないで下さいまし、どうか金座裏の御用聞き政次の話に心の眼を傾けて下さいまし」

と願った。

「金座裏の政次とは若親分か」

「はい。そなた様のお従兄弟の寺坂《てらさか》毅一郎《きいちろう》様は私の神谷道場の先輩にございます」

「おお、毅一郎様がそれがしの身を案じたか」

「寺坂様を通じて滝野川のお父御お母御様にお会いし、そなた様探しを頼まれまして
ございます」

「そのほうが鎌倉まで参ったからには、事情を知ってのことであろうな」

「そなた様よりは承知しております」

「ならば、それがしを得心させてくれ」

「芳次郎様、心の眼で私の話を聞いて下されと申しあげましたぞ」

と政次の声が険しさを増した。

「それがどうした」

「芳次郎様、今のそなた様は己の分を忘れておられます。そなた様に大事なことはた
だ一つです、神藤家の彩様をそなた様の手でお幸せにすることではございませぬか」

「ゆえにお彩と似た女子の身許《みもと》を知りたいと、こうして江の島、鎌倉まで遠出してき
たのだ」

「そのことでお彩様を失うてもよいのでございますね」

「いやそれは」

「そなた様が江戸を出られて半月が過ぎております。お彩様のことは諦《あきら》められたのでございますね」

「だから」

「早乙女芳次郎、目隠しを外しな」

政次の口から伝法な台詞《せりふ》が飛んで、驚いた芳次郎が慌てて目隠しの手拭いを外した。

するとおぼろな視界に金流しの十手を斜めに構えた政次が怖い形相《ぎょうそう》で睨んでいた。

「いいかえ、一年半前の江の島の一件は、旅の徒然に見た夢だ。いつまでも夢に拘《こだわ》って大事な眼前のお彩様を失っていいんですかえ。世間には忘れなきゃならないこともあるんですよ。おめえ様がそのことを学ばなきゃあ、神藤家に婿入りしてもお彩様を不幸にするだけだ。男と女、時に忘れてやることも必要、見て見ぬふりをすることも大事なんだよ」

政次の火を吐くような鉄火な叱声《しっせい》に芳次郎が稲妻に打たれたように愕然《がくぜん》とした。

「たいがいで目を覚ましなせえ。鎌倉の七口化粧坂を越えた時には、江の島、鎌倉のことは一切忘れるんだ。ならばこの金座裏の政次が、おめえさんを江戸に連れ戻してやろうじゃねえか」

芳次郎の頭ががくがくと前後に振られ、

「彩どのはそれがしのことを覚えておられようか」

と蚊の鳴くような声で呟いたものだ。

「おお、金座裏が動いた話ですよ。お彩様に話をつけねえで、なにも江の島くんだりまで出てくるものか」

「あ、相分かった。若親分、そなたの申すとおりに致す」

政次は次の間から人の気配が消えていくのを感じとっていた。

第四話　金座裏の花見

一

江戸は桜が満開で華やかな季節を迎えていた。隅田川左岸の長命寺《ちょうめいじ》付近や飛鳥山《あすかやま》、さらには上野寛永寺《かんえいじ》の境内《けいだい》と桜の名所に人々が繰り出し、酔っ払いがおおっぴらに大声を上げて騒いでいた。

金座裏《きんざうら》では花見の客同士が酒の勢いで喧嘩《けんか》口論するのを止めて廻《まわ》りながらも菊小僧《きくこぞう》探しを続けていた。だが、どうにも菊小僧の影すら捕まえることが出来なかった。

今日も昼下がりから若手組の頭分、常丸《つねまる》は波太郎《なみたろう》や弥一《やいち》らを従えて船宿綱定《つなさだ》が暖簾《のれん》を掲げる龍閑橋《りゅうかん》から鉤《かぎ》の手に曲がって古着商が雲集する富沢町を抜けて大川へと流れ込む入堀伝いに見廻りに出ていた。

「常丸の兄さん、そんな気になっちゃあいけないのは分かっているけどさ、菊小僧はもう金座裏に戻ってこないんじゃないか」

弥一が言い出したのは入堀伝いに植えられた桜の下で静かに花見をする人々を横目に富沢町から元吉原の入口、浜町の高砂橋《たかさご》に差し掛かったときだ。

「おれもさ、弥一と同じ気持ちだよ」

伝次《でんじ》も弥一の考えに同意を示した。

「だがよ、おかみさんの落ち込みようを見たら、口が裂けてもそんなことは言えないよな」

と波太郎。

「ああ、しほさんが大きな腹を抱えて町内を一日に何回も猫探しに歩いているのを見るとよ、言えるわけはねえよ」

と伝次が応じた。

「常丸の兄さんはどう思う」

と弥一が聞いた。

聞かれた常丸の足が止まり、玄冶店《げんやだな》に向かう通りを横切る猫に素早く目をやったが、

「黒猫か」

と力なく呟《つぶや》いた。

「おめえたちの気持ちも分からないじゃない。だけど、若親分と亮吉《りょうきち》が江の島に出か

けていることもある。なんとしても若親分が戻るまでに決着をつけたいじゃないか」

「そうは思うよ。だけど、どこをどう探せばいいんだよ。縄張り内の路地なんて一日に四度も五度も探して歩いているぜ」

と伝次がいう。常丸だって、これだけ探してダメとなると菊小僧はもはや金座裏に戻らない気かな、と思いたくなる。だが、おみつやしほの気持ちを思うと、

「やっぱりここは踏ん張り時だぜ」

と若い面々を鼓舞《こぶ》するしかない。

「常丸の兄さん、知っているか。おかみさんはさ、目黒の行人《ぎようにん》坂に猫探しの名人の祈《き》禱師《とうし》がいると聞いてさ、その気になったらしいぜ。明日にも出かけて祈禱を願うつもりらしいよ」

「なに、おかみさんはそこまで考えてなさるか。そいつはよ、神頼みというがインチキ祈禱師だぜ。猫探しの人の気持ちに付けこんで大金を騙《だま》しとる手合いだよ。まかり間違っても、金座裏のおかみさんがそんなインチキ祈禱師に頼っちゃいけねえぜ」

「伝次の兄さん、そうは思うけど、おかみさんはそんなところまで追いつめられているんだよ」

と弥一が答えた。

常丸は親分の宗五郎《そうごろう》の沈黙も気掛かりだった。

近頃の宗五郎は、黙々と煙管《キセル》の掃除を一日に何度も繰り返し、思い立ったように神棚に向かい、柏手を打ってぶつぶつ願い事をしていた。

常丸は金座裏の奉公は十年になろうとしていたが、宗五郎のこのような姿を見たことがなかった。

（親分は若親分に金座裏の実権を譲った気だが、いささか早計だったんじゃないか）

と内心思っていた。こたびの江の島行きにも親分が、

「政次《せいじ》、旅先でなにがあるか知れねえ。金流しの十手《じって》を持っていけ」

と命じて持たせたのだ。金座裏の親分にとって金流しの十手は、

「張りと意気と勇気」

の大看板だ。手先たちにとっても金流しの十手が神棚に安置され、親分の背に差し込まれているからこそ、

「並みの御用聞き」

とは違う、という気持ちになった。

「うちは公方《くぼう》様お許しの金座裏だ」

という誇らしい気分になるのだ。

常丸は宗五郎が金流しの十手を政次に渡し、気持ちの張りを失《な》くしたのではないかと案じたりしていた。

いつしか一行は玄冶店の先で丁の字にぶつかり、左に道を折れて堺町横丁、堀江六軒町新道《しんみち》、堀江六軒町と細かく通りの名が変わる横町に入っていった。

日本橋川につながる堀留《ほりどめ》に架かる親仁橋《おやじ》が見えてきた。

親仁橋は親父橋とも書かれ、元吉原を開いた庄司甚右衛門《しょうじじんえもん》が架けたことから甚右衛門の通称の「親父」をとり、親仁橋、親父橋と呼ばれてきた。

春の陽射《ひざ》しが照らす二つの堀留に囲まれ、島のように日本橋川に突き出た堀江町と小船町《こぶなちょう》が西北から南東へと並行して走る短冊地に出た。

親仁橋を渡ると照降町《てりふり》の両側町につながった。照降町は里名である。傘、雪駄、下駄を商う店が並んでいたことからこう呼ばれてきた。短い通りだが、魚河岸《うおがし》に近く、元吉原や芝居町に往来するのに便利なために、繁華な通りだった。

「おーい、金座裏の若い衆よ、菊小僧は見つかったか」

下駄屋の職人が声をかけてきた。時に鎌倉河岸の豊島屋《としまや》に飲みにくる下駄造りの吉《き》っつあんだ。

「吉っつあん、それがな、なんとも手がかりがなくて探しあぐねているんだよ。これが失《う》せ人とかなら痕跡《こんせき》の辿《たど》りようもある。だが、猫となるとな、打つ手が尽きた」

「金座裏は江戸の守り神だぜ、それが猫一匹で意気消沈していちゃ、悪党どもをつけ上がらせるぜ」

「そいつは分かっているんだが、腹に今一つ力が入らねえや」

「なんぞあれば即刻ご注進に及ぶからさ」

頼まあ、と返事をした常丸が照降町を抜けて、魚河岸に接した鉤の手の堀留に差し掛かった。すると荒布橋《あらめ》が姿を見せた。こちらには雪洞《ぼんぼり》が灯された荷船が着けられ、河岸道に咲き誇る桜の下で花見をしている一団がいた。

「おーい、金座裏の兄さん方よ、見廻りか、一杯飲んでいかねえか」

と、こんどは船から声が飛んできた。よく見ると魚河岸の若い衆で、声をかけたのは幸乃浦《さちのうら》の藤吉《とうきち》だ。

この面々は宝引《ほうび》き騒ぎの一件で金座裏に世話になっていたから格別に知り合いだった。

「藤吉さんか、まだ日が高い内から景気がいいやね」

「魚河岸は朝の間商いだ。この刻限はおれっちにとって宵《よい》と一緒だ」

「付き合いたいが御用だ、気持ちだけ貰《もら》おう」

「猫が家出したって、おみつさんが元気がねえって聞いたが、どんな按配《あんばい》だ」

と藤吉に代わったのは小田龍《おだたつ》の若旦那荘次郎《そうじろう》だ。

「飯もろくすっぽ喉《のど》を通らないのさ、見ていられねえや」

「そいつはいけねえな。よし、明日の朝さ、うちの奴におかみさんが力の湧《わ》くように桜鯛《さくらだい》を放り込ませる。下ごしらえもしておくからさ、炊きたてのご飯に鯛の造りを載せてさ、醤油《しょうゆ》ぶっかけて食べたらよ、直《す》ぐに元気になるよ」

「ありがてえ、こっちも気持ちだけ頂戴《ちょうだい》しよう」

「小田龍の荘次郎が口にしたことだ、必ず届けさせるぜ」

荘次郎のほろ酔いの言葉に頷《うなず》き返した常丸一行は、がらんとした地引《じびき》河岸へと足を向けた。


翌日のことだ。

八つ半（午後三時）過ぎ、神田川に架かる水道橋を渡った政次、亮吉に早乙女《さおとめ》芳次郎《よしじろう》の三人は、讃岐《さぬき》高松藩の松平家の中屋敷前に差し掛かった。

「若親分、こたびは真《まこと》に以《もっ》て世話をお掛け申した。かくのとおり礼を申す」

と芳次郎が道の真ん中で足を止め、腰を深々と折って頭を下げた。

「芳次郎様、往来でお武家様が町人に頭を下げられてはいけませんよ」

「いや、こたびのことでは金座裏の若親分に感じ入ることばかりでござってな、道中で幾たびも申し上げたが、それがし、政次若親分を生涯兄貴分として奉り、私淑《ししゅく》することに決めた。ご迷惑かもしれませんが、昵懇《じっこん》のお付き合いを願います」

鎌倉の釈迦堂口切通《しゃかどうぐちきりとおし》近くの屋敷の蔵に閉じ込められていた早乙女芳次郎は、政次と二人だけで対面した折、他人事《ひとごと》に口を差し挟むより、大事にすべきは神藤《しんどう》家の彩様《あや》ではないか、と伝法な口調で厳しく叱責され、政次が歳下にも町人にも拘《かか》わらず、いたく感じ入ったか、旅の途中から、

「それがし、生涯、金座裏の政次若親分を兄と敬愛する」

と宣言し、事あるごとに繰り返してきた。

「芳次郎さんよ、うちの若親分を崇《あが》めるのもいいけどよ、神藤家に婿入りしてのご奉公、さらには舅姑《きゅうこ》に尽くし、お彩様を慈《いっく》しむことが大事なんだよ」

「分かっておる、亮吉どの」

とこんどは亮吉に矛先を転じた。

「ほんとうに分かったのかね。いいかえ、お彩様に会ったら、そなたと所帯を持ったために大山詣《もう》でをなし、奥之院に十数日のお籠《こも》りをして、そなたのこれまでの不運を浄

めてきたと、若親分に言われたとおりに真心をこめて言うんだぜ。あとは若親分のことだ、しほさんがお彩様に会って、ちゃんと口裏が合うようにしてあるからさ」

亮吉が鎌倉の帰り道に政次が折に触れて芳次郎に説いてきたことを繰り返した。

「相分かってござる」

「滝野川の親父様もお袋様も、そなた様の行動を案じていたんだ、明日にも顔出ししなよ」

「それも分かり申した」

「それからさ」

亮吉が言いかけるのを制した政次が、

「お屋敷はもうそこですよ、これからは芳次郎様が自ら兄上様方を得心させることです。私どもの役目は終わりました」

御弓町《おゆみちよう》につながる壱岐《いき》坂下で言った。

壱岐坂は正式には壱岐殿《いきどの》坂と呼ばれた。『改撰江戸志』には、

「壱岐殿坂、御弓町へのぼる坂なり。彦坂壱岐守屋敷ありしゆえの名なりといふ」

とある。

「それもそうだな、芳次郎さんも子どもじゃねえや」

亮吉が言ったとき、御弓町の早乙女家から乗り物が出てきた。東に向かおうとした乗り物に従う中間《ちゅうげん》が壱岐坂下を見て、

「おや、芳次郎様でございますよ」

と乗り物の主に叫んだ。陸尺《ろくしゃく》の動きが止まり、扉が開いて初老の武家方の女が坂下を見た。

芳次郎の実母のおこうだった。そのおこうが陸尺に命じたか、乗り物の方向を変えて壱岐坂下へと急いできた。もはや政次にも亮吉にもどうすることもできない。

「きっと芳次郎さんのことを案じて滝野川から出てこられたんだぜ」

亮吉が言わずもがなのことを洩らすところに、

「芳次郎、怪我《けが》はないか、病に倒れておられたか」

と矢継ぎ早に問いかけながら、おこうが乗り物から飛び下りるように姿を見せた。

「母上、ご心配かけて申し訳ございません」

「ご心配じゃと。そなた、部屋住みの身がどういうものか分かっておられぬ。ようやく神藤家に婿入りしようという矢先に不意に行方《ゆくえ》を暗ますとは、一体全体どういうことです」

と詰問した。すると芳次郎が、

「いえ、そのあれこれと」

と言葉が出てこないようでどぎまぎした。

おこうの視線が政次に向けられた。

「おお、そなたは金座裏の若親分であったな。ようも愚息をかように連れ戻してくれました。お礼を申しますぞ」

と頭を深々と下げた。

「おこう様、往来にございます」

「いえ、愚息がいずこかで生き倒れになっていたとしても致し方ないことでした。それをこうして元気に連れ戻してきてくれたのです。往来だろうがどこだろうが礼を申し述べるのが親の務めです」

とおこうが一気に言うと政次の手をとり、

「若親分、芳次郎をどこで見付けてくれました」

と正視しながら問うた。

「おこう様、お尋ねゆえ申し上げます。芳次郎様はかつて朋輩衆《ほうばいしゅう》と詣でられた相州《そうしゅう》大山に詣でられ、阿夫利《あふり》山の山頂石尊大権現《せきそんだいごんげん》を祀《まつ》る神社にお籠りなされて、早乙女家と神藤家の繁栄と、お彩様との夫婦仲が幸せに行くように十五日の祈願成就を務めておられたのでございますよ。どうか、そのお気持ちに免じて芳次郎様の行動をお責めにならないで下さいまし」

政次の口調はあくまで真摯《しんし》だった。

「なに、芳次郎が殊勝にもそのようなことを」

目を潤ませたおこうが芳次郎を見た。

「おこう様、芳次郎様、私どもはこちらにて失礼を申し上げます」

「金座裏の若親分、芳次郎の兄の清高《きよたか》に会《お》うてくれませんか。早乙女家の当主から礼を申させますでな」

「おこう様、私どもは寺坂《てらさか》毅一郎《きいちろう》様の命《めい》で動いたに過ぎません。礼なればどうか寺坂様にお願い申します」

と応じた政次は、

「亮吉、金座裏に戻りましょうか」

と歩いていった。

水道橋に辿りついた亮吉が、

「若親分、芳次郎さん、大丈夫かね」

「大丈夫ですよ、お会いしたことはございませんが、お彩様と末長く幸せに暮らされるような気がします」

と答えた政次は、もう一人の女の行く末に想《おも》いを凝らしていた。

（あちらも男が惚《ほ》れたのだ、なんとかうまくいくでしょうよ）

と考えた政次は、

「亮吉、すまないが八丁堀まで寺坂毅一郎様に金座裏にお越し願えないか、走ってくれないか」

と亮吉に命じ、合点だと承知した亮吉と水道橋を渡ったところで二手に分かれた。

金座裏に寺坂毅一郎が亮吉の案内で訪ねてきたのは、七つ半（午後五時）過ぎの刻限だ。亮吉の手には八分咲きの桜の枝が何本かあった。寺坂の知り合いが八丁堀に届けた桜のおすそわけだという。

しほが花瓶に活《い》けて居間に飾った。

その後、寺坂の来訪を待ち受けていた宗五郎と政次の三人が神棚のある居間に籠り、襖《ふすま》と障子を閉じて政次が旅のもろもろの出来事を克明に報告した。話は半刻（約一時間）以上も続き、話が終わったとき、寺坂が、

「同じ胎《はら》から生まれた双子の姉妹、それぞれ不幸と呼んでもいいような数奇な運命を

辿ってきたものだな。かたちは違うが姉も妹も生き方が似てないかえ、親分」

と宗五郎に話を振ったものだ。

「へえ、似てますな。ですが、こたびの一件でがらりと行く末が変わるのではございませんかね」

「従兄弟《いとこ》の芳次郎めが大山の阿夫利神社にお籠りしたとまで嘘をついてのことだ、いい方向に転じてくれないと若親分の働きも機転も無駄になる」

と険しい顔で言ったものだ。

「それにしてもさ、江の島の飯盛《めしも》り女が大名家の御側室様だと、驚き桃の木山椒《さんしょ》の木だぜ」

「江の島の弁財天様の御利益《ごりやく》ではございますまいか、寺坂様」

「大いにそうかもしれないな。ともあれ肥前《ひぜん》島原藩も、おっとこいつも口にしちゃあいけなかったな。ともかくだ、相手も秘密にしておきたいやね」

「政次、どうだえ、この話、これで終わりそうか」

宗五郎が政次に聞いた。

「なんとも申し上げようがございません。ともかくこの真相、墓場まで持っていくしかございますまい。この一件になんらかの形で関わった者らが口を噤《つぐ》んでおるならばお彩様もおちょうと呼ばれたお妹様も幸せが待っているような気がします」

と応じたとき、八百亀《やおかめ》らが見廻りから戻ってきた気配がして、玄関先で亮吉と賑《にぎ》やかに掛け合う声がした。

「なにっ、亮吉は阿夫利神社の奥之院まで登ったってか。少しは利口になって戻ってきたかえ」

八百亀にからかわれる声を聞いた宗五郎が、

「うちのお喋《しゃべ》りも御用を心得るようになったぜ。これでこの一件は落着だ」

と安堵《あんど》したように言い、政次が、

「私はおっ養母《か》さんの部屋に見舞いに行ってきます」

「失せ人は見つかったが失せ猫がな。いつまでもおみつが寝込むのも金座裏の士気に関わるぜ。政次、しほが今もおみつの枕元に張り付いてらあ。こちらもなんとかならないものかね」

宗五郎が半ば匙《さじ》を投げたように言った。

政次は縁側の障子を開いて庭を見た。すると植え込みの陰で眼が光った。

「うーむ」

「どうした、政次」

と宗五郎が政次を振り向いたとき、
みゃお
と鳴き声がして、痩《や》せこけた菊小僧が政次の視線の中に姿を見せた。

二

「しほ、おっ養母さん、菊小僧が戻ってきましたよ!」
政次の声に金座裏が一瞬なんとも言い難い静寂に包まれた。そして、数瞬後、
「菊や、菊小僧や」
という喚《わめ》き声が応じて寝間からおみつが飛び出してきて、庭に立ち竦《すく》んでいる菊小僧を見ると裸足《はだし》のまま飛び降りた。その血相に菊小僧が驚き、政次の下に走って寄ってきた。
政次が縁側に飛び上がる菊小僧を掬《すく》い上げるように捉《つか》まえ、おみつへと差し出した。するとおみつが政次の差し出す菊小僧に走り寄ってきて、菊小僧を政次の手から受け取り、
ひし
と両腕に抱き締めた。

「おっ養母さん、優しく抱いて下さいな、菊小僧が驚いてまた逃げ出すかもしれませんよ」

「もう放すものか。菊や、菊、どこに行っていたんだい」

おみつが頰《ほお》ずりしたが、直ぐに菊小僧を虚空に差し上げ、

「臭い、臭いよ。どこでなにをしていたんですね」

と文句をつけた。そして、

「だれか湯を沸かしておくれな。菊小僧を洗わなきゃあ臭くて家の中に入れられませんよ」

といつもの力強いおみつの声で命じたものだ。そんな光景を金座裏の全員が縁側などから茫然《ぼうぜん》と見ていたが、

「おみつ、湯を沸かすより湯殿に連れていって洗うほうが早いぜ」

宗五郎の安堵した声が応じたものだ。

「そうだよ、おまえさん。湯沸かすよりなんぼか湯殿で洗ったほうが早いやね。どうしてそのことに気付かなかったかね」

おみつが虚空に差し出した菊小僧を小脇に抱え込んで、庭から縁側に裸足のまま飛び上がり、

「ちょいと亮吉、ぼおっと立ってないで前を空けるんですよ。しほ、古い布をたくさん用意しておくれな。菊小僧をしっかりと洗ってさ、家出の垢《あか》を十分に掻《か》き落としますよ」

と言い残すと湯殿に駆け込んでいった。

ふうっ

と期せずして金座裏の男どもから大きな吐息が洩《も》れた。

「一件落着か。いやはや政次と亮吉が失せ人と一緒に失せ猫の菊小僧まで連れて戻ってきたぜ」

宗五郎がほっとした声音《こわね》で呟いた。政次は古浴衣《ゆかた》を解《ほぐ》した布などを抱えたしほを見て、

「なにか手伝おうか」

「あとはこちらに任せて。政次さん、亮吉さん、ご苦労でございました」

と江の島への道中を改めて労《ねぎら》ったしほが、目立ち始めたお腹を抱えて湯殿に消えた。

「やれやれだぜ。菊め、家出の代償におかみさんからごしごしと体を揉《も》みほぐすように洗い立てられるな。放蕩《ほうとう》息子帰るの図だが、そう簡単におかみさんに許しが貰えそうにないな」

亮吉が菊小僧の運命を占った。

「亮吉、そう言うねえ。おかみさんが元気になっただけでも、菊小僧が戻った甲斐《かい》があったというものだ。あれこれあったが、まずはめでたしめでたしだ」

と金座裏の番頭格の八百亀が亮吉の言葉に応じて、手先連は縁側から宗五郎と寺坂がいる居間の隣座敷に入っていった。

居間に入ったのは政次と八百亀だけだ。

「確かに若親分と亮吉さんが戻ってきた直後に菊小僧が姿を見せたよ。するてえと、おれたちのこの十数日はなんだったのだろう」

縁側に残っていた手先見習いの弥一が思わずぼやいた。

「弥一、おめえたちがこの界隈《かいわい》を熱心に探し廻ったからこそ、菊小僧が追い出されて無事で戻ってきたんだよ」

宗五郎が言い、

「そうとでも考えねえと八百亀兄さん以下の菊探しが無駄だもんな。それにしても菊め、どこに行っていたんだ」

と亮吉がぼやいた。

「亮吉、見る影もなく痩せてましたよ。それにおっ養母さんが騒ぎ立てるのも無理がないほど臭い匂いがしていました」

と政次が応じ、亮吉がだれとはなしに問い返した。

「まさか、伊勢参りなんぞ行っていたなんて言うんじゃねえよな」

「犬が竹柄杓《びしゃく》を背中に括《くく》りつけられて伊勢参りに行くって話は聞くが、猫はどうかね。亮吉、おめえらも無事に戻ってきたことだ、台所に行って酒を仕度させな」

と最後はいつもの調子で宗五郎が命じて、なんとなくいつもの金座裏らしい時間が戻ってきた。

「ふっふっふ、芳次郎め、金座裏の猫まで引きつれて江の島から鎌倉に走ったかね」

寺坂も冗談口を叩いた。それだけ、このところの金座裏の空気は暗く沈んでいたのだ。

「寺坂様、大いにそんなところかもしれませんな。猫ばかりは北町のお白洲《しらす》に引き出して、さあっ、どこへ隠れていやがったかと、吟味方が脅しをかけても、にゃんとも言いますまい」

「おや、親分に冗談が出るようになったぜ。これでようやく金座裏らしくなったな」

寺坂毅一郎が応じて、一座が和《なご》み、

「それにしても失せ人失せ猫騒ぎが重なりましたよ」

「八百亀、終わりよければすべてよしとするしかあるめえ」

八百亀と宗五郎が言い合うところに亮吉たちが燗《かん》徳利を並べた盆や杯を抱えて居間に戻ってきた。

「燗はちょいと温《ぬる》めですよ、もう待ち切れねえや。はい、こちらご贔屓《ひいき》さんにまず上酒二本ね、弥一、寺坂様方に猪口《ちょこ》をお配りしな」

亮吉が弥一に命じながら、長火鉢の猫板の上に二本燗徳利を置き、弥一が居間の宗五郎ら四人に杯を配った。

「寺坂様、お騒がせ申しました。おみつのかなきり声を聞かないだけでもほっとしますよ」

宗五郎が言い、政次が燗徳利をとりあげて寺坂と宗五郎の杯に注《つ》いだ。そして、八百亀に注ごうとする燗徳利を取り上げて、

「若親分、おれも注がせてもらおう。こんどばかりは身内のことで迷惑をかけた。菊小僧の騒ぎどころじゃないものな。相州江の島、鎌倉まで遠出させちまったよ」

と寺坂が、

「これで滝野川の叔母上に大きな顔ができる」

と政次に酒を注ぎ、ついでに八百亀の酒器も満たした。

「寺坂様、恐縮でございますよ。なんにしても変事にならなくてようございました」

「そういうことだ」

四人は手にした杯の酒を飲んで、

「時に温めの燗も悪くねえ、亮吉」

「親分、遅まきながら金座裏の花見だ」

亮吉が居間の隅にあった桜の活けられた花器を居間の真ん中に持ち出し、隣座敷に落ち着いて手にした酒器の酒を口に含み、

「ふうっ、うめえや」

と心底から嘆息した。

「相模の酒はうちのより口あたりがよくなかったか」

「若親分、酒を飲むようなことがあったか。鎌倉じゃ、夜中じゅう起きていたものな。一度なんぞ由比ガ浜で欲も得もなく若親分と二人して河岸の鮪《まぐろ》のように並んで討ち死にだ。ぐっすりと眠り込んだよ」

「えっ、菊小僧じゃあるまいし、金座裏の若親分が浜で寝たのか、旅籠はいっぱいだったのか、寒くはなかったのかい、亮吉兄さん」

「そうじゃねえよ、弥一。大体な、おれの御用は夜が本舞台だ、寝るに寝れないだろ

う。そこでさ、夕暮れを待って由比ガ浜の昼寝と洒落《しゃれ》こんだのよ」

「あら、政次さんと亮吉さん、鎌倉で昼寝、いいわね。菊、おまえもそんなことをしてきたの」

しほの声が廊下からして、古浴衣に体を包まれた菊小僧がちょこんと顔を覗かせて座敷に連れて来られた。どうやら菊小僧もいけないことをやらかしたと分かっているのか、しほの腕の中で神妙にしていた。

「いささか行儀は悪うございましたよ。でもね、浜から若宮大路ごしに鶴岡八幡宮様に、しほのお産が無事に終わりますように、菊小僧が金座裏に戻ってきますように、と手を合わせた上で浜をお借りしたのです。春の陽射しに眠るのは、なんとも気持ちがようございましたよ」

と笑い、

「どうれ、菊小僧をこちらに貸してくれませんか」

と願った。

しほの手から古浴衣と一緒に菊小僧が渡され、

「だいぶ痩せましたね」

「政次さん、おっ義母さんに洗われた菊小僧たら、毛が体にぺたりと張り付いて、ひと回りも二回りも小さくなっていました。外が極楽と思って家出はしたものの、そうは問屋が卸さなかったのね。きっとお腹をすかして、餌を探してほっつき歩いていたのよ。もう家出なんてしちゃあだめよ」

「菊小僧、しほの言うとおりです。おまえは金座裏の護《まも》り本尊、厄払いの猫なんですからね」

と政次が言い聞かせると、
みゃう
と菊小僧が気持ちよさそうに答えたものだ。

「政次さん、逃げないようにしっかり抱いていてね。私が菊の夕御飯を拵《こしら》えてくるから」

しほが台所に下がった。

「若親分、おれに菊小僧を抱かせてくれないか。なんたって菊小僧が金座裏に来る切っ掛けをつくったのはおれだもんな。いいか、菊小僧、おめえの恩人が説く世の中の理《ことわり》をとくと聞くんだ」

と政次から菊小僧を受け取った亮吉が言い、

「菊小僧の評判はただ今、がた落ちだ。だがよ、物事は考えようだ。まあ、万物というものはな、一度くらい狭い井戸を出てよ、大海を自分の眼で見て、大きさを知ったほうがその後の成長に弾みがつくというものだ」

「そういや、この界隈にもそんな野郎がいたな」

「八百亀の兄さん、そんな半端もんがいたかね」

「おお、いたいた。しほさんに子雀《こすずめ》預けてよ、金座裏を出ていった奴がいなかったか」

「ああー」

亮吉が悲鳴を上げた。

「おれのことか、忘れていたよ。そんなこともあったな」

「あったなじゃないよ。あんときだって、どれほど心配したか。わたしゃ、あの騒ぎ以来、頭痛持ちになったよ」

ここんところ菊小僧のことを案じて寝込んでいたおみつが居間に姿を見せた。菊小僧を湯に入れたついでに自分も入ったらしく、おみつの顔は上気してさっぱりとしていた。

「お騒がせ申しました。だからさ、おかみさん、おりゃ、あん時の家出で世間というものを知り、人間が一段と大きくなったろう。だからさ、菊小僧も世間の風がそう温かくないってことが身に沁《し》みたからさ、二度と家出なんて考えないよ。それればかりか、独楽鼠《こまねずみ》の亮吉様同様に……」

「菊小僧が大きくなり、猫格が上がるってか。亮吉を見習ったとしたら、それはねえな」

だんご屋の三喜松《みきまつ》が言い、稲荷《いなり》の正太《しょうた》がうんうんと頷いた。

「ちえっ、菊小僧、臑《すね》に傷を持つ者同士、寄り添って生きていこうぜ」

と膝に抱いた菊小僧に話しかけたが、

ぴょん

と膝から古浴衣だけ残して飛び上がった菊小僧が縁側に逃げていき、そこにしほが、

「おまえの好物の鰹《かつお》のけずり節と丸干し鰯《いわし》が混ぜてありますよ」

と普段は台所で食べていた餌台を運んできた。

「亮吉の愛情も一椀の餌に敵わずか」

と嘆いてみせた。

菊小僧は夢中でしほが作った餌を貪《むさぼ》り食べた。

「あれじゃな、おれが有難い説教をしても聞く耳持たないわけだ」

亮吉が餌を食し終えた菊小僧以上に満足げに微笑《ほほえ》んだ。

「おっ義母さんの床上げと菊小僧の帰りを祝って、こちらに皆さんの膳を運んできてよろしいでしょうか」

しほがおみつに尋ね、

「わたしゃ、病で寝込んでいたつもりはないがね。まあ、菊小僧が戻ってきたんだ、祝いの膳を囲もうかね」

おみつの一言に台所で待ち受けていた女衆が、まずおみつとしほを含めた六人の膳を居間に運んできた。

「おや、しほ、小ぶりだけど桜鯛の尾頭付きかえ、菊小僧の帰りを分かっていたような御膳ですよ」

「最前、魚河岸小田龍の若旦那が、おっ義母さんの見舞いに鯛めしにするような桜鯛をと思ったが、本日は小ぶりだがかたちのいい小鯛が上がったので、これにした。皆さんで食して下さいと届けてくれたの」

「そうかえ、魚河岸の連中にも心配かけたね」

としみじみとおみつが言い、

「座に桜、膳に桜鯛、春うらら、いうことなしのめでたさよ、宗匠むじな亭亮吉の一句にございますよ」

「亮吉、そりゃ、五七五の変わり種か。だいぶ字余りだねえ」

と八百亀が茶々を入れた。

菊小僧は長火鉢の猫板に丸まって寝息を立てていた。膳が運ばれ、猫板から燗徳利などが下げられたのを見計らっていた様子で、直ぐに移動して指定の場に丸まったのだ。

「これで落ち着いてくれるといいがね」

おみつがしほに言い、

「大丈夫ですよ」

「あとはおまえが丈夫な子を産んでくれるだけが楽しみだ」

「それまでにはだいぶ間があります」

「ここのところ針を持つ元気がなかったからね、明日っからまたおしめを拵えるよ」

「おっ義母さん、三人産んでもいいくらい、おしめはすでにございます」

「三人か、悪かないね」

「えっ、三つ子ですか」

「私が育てるよ」

「菊小僧の心配がなくなったら、またしほのやや子の節介を始めやがった」

宗五郎がぼやいたとき、格子戸を叩く音がして、弥一がぱあっ、と立った。しばらくすると弥一が顔を強張《こわば》らせて戻ってきて、

「親分、奉行所から使いでして、新右衛門《しんえもん》町の真綿問屋村田《むらた》屋伊兵衛《いへえ》方に押込みが入り、騒がれたせいで家族、奉公人を楯に奥座敷に立て籠っているそうです」

と報告した。

「うちの縄張り内で、なんてことをしやがる」

寺坂毅一郎が吐き捨てるとすっくと立ち上がり、宗五郎も従う気配を見せた。

「弥一、立て籠ったのは武家方ですか、町人ですか。人数は分かりますか」

と政次が弥一に問うた。

「お使いの方はそれだけしか言われませんで、凄い勢いで表に飛び出していかれました」

「分かりました。八百亀の兄さん、金座裏を願います。同道する者は常丸、左官の広《こう》吉《きち》、亮吉、それに伝令として弥一を連れていきます」

政次がてきぱきと命じた。

まだ深夜とはいえない刻限の押込みだ。大人数とは思えなかったが、政次は独り者を選んで同行を命じた。

「政次」

宗五郎が呼んで江の島に携帯した袱紗《ふくさ》包みの金流しの十手を渡した。

「親分が」

「おりゃ、短十手で十分だ。こいつはもう、おめえのものだ」

宗五郎が袱紗包みをぱらりと解くと金流しの十手を裸で政次に渡した。宗五郎は政次に縄張り内の無法だ、政次が先頭に立って立て籠った面々を捕縛しろと命じていた。

「承知しました」

一尺六寸の長十手を受け取った政次が背の帯に斜めに差し込むと、

「おまえさん」

しほが羽織を肩にかけた。

「寺坂毅一郎様、出張りです」

政次の声が凛然《りんぜん》と金座裏に響き渡り、

「おおっ」

という声が呼応した。

三

新右衛門町は南油町と川瀬石町の南にあり、日本橋通から東の新場橋《しんば》に抜ける両側町だ。西は日本橋通南三丁目、東は本材木町三丁目、南は箔屋町と榑正《くれまさ》町に接していた。

新右衛門町の由来は、名主森新右衛門の名をとったとも、この界隈の開発者の山吉新右衛門に名を貰ったとも諸説あった。京間《きょうま》一五二間《けん》三寸二分の長い通りだ。

日本橋からの通に接し、南油町と向き合う新右衛門町の中ほどに間口《まぐち》十間の真綿問屋の老舗《しにせ》村田屋伊兵衛方はあった。

金座裏から寺坂毅一郎、金座裏の宗五郎、政次らが駆け付けたとき、江戸でも有数の繁華な一帯は野次馬でごった返していた。

「ご免よ、ご免なさいよ。北町定廻り同心寺坂毅一郎様の出役ですよ」

亮吉が一行の先頭に立ち、野次馬をかき分けた。

「おっ、金座裏の九代目、十代目の揃《そろ》い踏みだ。おーい、金流しの親分、立て籠りの悪党なんてよ、金流しの十手で叩きのめしねえ」

「怪我人が出ているというぜ、もたもたしないでさ、一気に突っ込んでよ、女子供から助け出すんですよ」

と口々に勝手なことを指図してきた。

事情が分からない寺坂と金座裏の面々は野次馬を掻き分けて、なんとか村田屋の潜《くぐ》り戸の前まできた。十間間口の大戸は下ろされ、臆病窓が切り込まれた通用戸だけが開いて、その前に北町奉行所の小者《こもの》二人が捕物仕度に六尺棒をいかめしく構え、立っていた。

宗五郎、政次親子は村田屋の評判がこのところ芳《かんば》しくないことを承知していた。ともあれ新右衛門町は呉服橋御門内の北町奉行所から近いところにある。ために村田屋の騒ぎは北町奉行所に直に知らせが入ったか。

「寺坂様、ご苦労に存じます」

と小者の一人が寺坂に声をかけた。

「だれが出張っておられる」

「与力今泉修太郎《いまいずみしゅうたろう》様に新堂孝一郎《しんどうこういちろう》様にございます」

「よし、通る」

寺坂は宗五郎と政次の二人を連れて通用戸の敷居を跨《また》いだ。すると血の匂いがぷーんと鼻を突いた。ちょうど奥から怪我人が運び出されたところで、店の土間に筵《むしろ》が敷かれてあった。

「おお、寺坂に金座裏か。一緒とは都合がいい」

吟味方与力の今泉修太郎が安堵の表情を見せた。

政次は奥から運び出されたのは怪我人ではなく骸《むくろ》だと気付いていた。

「死人が出ましたかえ」

宗五郎は今泉修太郎に尋ねた。

宗五郎は修太郎の父親の宥之進《ゆうのしん》とも御用を勤めた間柄だ。今や北町の吟味方与力として先頭に立って主導する修太郎同様、新堂孝一郎も九代目宗五郎はよく知っていた。

それだけに金座裏と両家は昵懇の付き合いをしてきた。

「番頭に手代がもう一人殺され、立て籠った蔵の前に骸が放り出されている」

「押込みにしては、いささか刻限が早うございますな」

「押込みとは一概に言い切れまい。なんでも村田屋と何度か取引をした相手らしい。そいつが取引の値のことで揉《も》めて、だんびらを抜いて脅しに掛かったところ、この番頭の大蔵《だいぞう》が、私も村田屋の番頭大蔵にございます、だんびらなんぞで脅されて約束の値を上げるようなことをしませんと言い放ったそうな。すると一味に加わっていた浪人者がいきなり刀を抜いて斬り付け、奥へと逃げる番頭に何度も斬りかかり、殺《あや》めたのが騒ぎの発端だ。村田屋では言い値で払うと主が約束したそうだが、もはや遅い、蔵の千両箱を担ぎ出すと一味が言い出したところに、外から戻ってきた手代と小僧が騒ぎ立てたために一味は蔵の中に家族と奉公人を幾人か連れて、立て籠ったのだ」

と今泉が騒ぎの概要を告げた。

「一味は商人にございますか」

「宗五郎、どうやらこやつら、抜け荷の綿を村田屋に売り付け、村田屋もそれを承知で安値にて買い取っていたらしいのだ。相手は商人といっても、最後はだんびら翳《かざ》して金をかすめとろうという乱暴な輩《やから》だ」

「浪人者が加わっているのでございますか」

「一味は駿河屋《するがや》の虎五郎《とらごろう》が頭分で五人、二人が剣術家崩れの浪人者だ」

「蔵に捕らわれているのは何人でございますな」

「村田屋の十一歳の孫娘のちえと、その母親で若嫁のたえ、それに女中と手代が各一人ずつの四人だ。一味は蔵の扉を閉じて籠ったままだ。最前から酒だ、飯だと騒いでおる」

「およその事情は分かりました」

宗五郎が土間の隅でがたがた震えている手代を見て、

「惣助《そうすけ》さんだったな、ちょいと教えてくんな」

と手招きして手代を呼んだ。

「村田屋には外蔵が二戸前あったな」

「はっ、はい」

「奴らはどっちに立て籠ってんだ、大蔵か小蔵か」

「大蔵にございます」

「風を入れる鉄扉《てっぴ》が棟下に切り込んであったな、あの風入れの鉄扉窓は天気の日は開いておくんじゃなかったか」

「仰《おっしゃ》るとおり、開いております」

「今泉様、うちの亮吉を屋根伝いに鉄扉窓から蔵の中に入れてもようございますか」

「できるか」

「小粒な独楽鼠ならば潜り込めましょう」

「よし、中の様子だけでも知りたいでな」

今泉が許しを与え、政次が亮吉を呼んだ。蔵潜入の大役を命じられた亮吉は張り切った。

「親分、任せておきなって」

「てめえ一人の才覚で動くんじゃねえぞ。すでに二人を殺した連中だ、三人目を殺すのをためらうことはあるめえ」

「おりゃ、なにをすればいいんだ」

「腰の十手をこっちに貰おう。その代わり、おれの矢立《やた》てを持っていけ。蔵の中の様子が知りたい」

「分かったぜ」

亮吉と政次が手代の惣助に案内されて奥へと向かった。

村田屋では大蔵で品物の真綿や木綿《もめん》を保管し、小蔵に村田屋の家族の調度品や長持ちなどを入れていた。大蔵と小蔵の間には一間幅の通路があり、屋根の高さは大蔵のほうが五尺（約一・五メートル）ほど高かった。

「若親分、まずおれが小蔵の屋根に上がり、梯子《はしご》を上げてよ、大蔵に渡して移るってのはどうだ」

「よし、それでいこう、私が大蔵の屋根までは同道しよう。惣助さん、麻縄と梯子が欲しいのですがね」

「麻縄は商売柄、いくらもございます。梯子は小蔵の軒下の壁に掛かってございます」

たちまち麻縄数本と梯子が二人の前に届けられた。

肩に麻縄を斜めにかけた政次が梯子を小蔵の壁にかけ、亮吉がするすると梯子を伝って屋根に上がった。続いて政次が梯子を上がり、屋根に上がると下から惣助が梯子を押し上げるところを政次が屋根へと引っ張り上げた。その梯子を二人して小蔵の屋根から大蔵の屋根にそおっと渡した。

「行くぜ」

亮吉が一間の空間を慎重に渡り、政次も続いた。そして二人して大蔵の棟に上がると、風入れの鉄扉窓が下に見える場所へと静かに移動した。政次が無言で亮吉の腰に麻縄を何重にも巻き、ずれないように股《また》の間に通して括ると、麻縄の端を保持した。

屋根から鉄扉窓へは五尺ほど垂直な漆喰《しっくい》壁を伝い下りることになる。

亮吉が麻縄を手にすると、

「ゆっくりと下ろしてくんな、若親分」

「安心おし、亮吉の命綱は死んでも放しやしないよ」

と政次が笑いかけたとき、大蔵の前から声が響き渡った。

「虎五郎さん、酒と食い物を用意しましたよ」

村田屋の伊兵衛の声だった。

その傍らには村田屋の男衆に化けた宗五郎が、高足膳を仰々《ぎょうぎょう》しく両手に掲げて従っていた。だが、政次と亮吉は、風入れの鉄扉窓を見下ろす裏壁上にあったから、宗五郎が加わっていることは見えなかった。

亮吉は政次の手にした麻縄を頼りに漆喰壁伝いに僅《わず》かに開かれた鉄扉の横へと吊り下げられていった。

たちまち鉄扉窓の横に小柄な亮吉は下りた。片手を伸ばし、鉄扉の一方をゆっくりと大きく開くと、ぎいっと音がした。

だが、大蔵に立て籠った駿河屋の虎五郎一味は、酒と食い物が運ばれてきたので、そちらに神経が向けられていて気付いた風はない。

亮吉は足を鉄扉窓の枠にかけると、もう一方の扉を押し開き、麻縄をさらに緩めるように政次に相図すると、ゆっくりと鉄扉窓から大蔵の二階へと入り込んで姿を消した。

大蔵の前でも鉄扉が少しだけ開かれ、

「酒と食い物を戸口において下がりやがれ。役人なんぞに知らせた罰がどんなものか、教えてやろうか。てめえの嫁と孫の指を一本ずつ切り取ってみせようか」

「駿河屋の虎五郎さん、知らない仲ではなし、そんなむごいことはよしておくれ」

と村田屋の伊兵衛が哀願した。

「いいか、抜け荷の綿を売り買いしていたのは、おまえも承知のことだ。役人を呼ぶってことがどんなことか、分かっちゃいねえようだな」

「虎五郎さん、お役人はこちらの勘違いでしたと言うて追い返しましたよ」

「真か」

「こんな折に嘘を言って、どうなるものでもありますまい」

「ほんとうにいないのだな」

「いませんよ」

「よし、嘘か本当か、夜半まで待って確かめたあと、ずらかる。それまで下手《へた》げなことを企《くわだ》ててみねえ。嫁も孫も奉公人も骸になって蔵ん中に転がるだけよ」

「決してそのようなことは致しません」

「酒と膳を戸口において下がるんだ」

伊兵衛の傍らから宗五郎が膳を掲げて戸口の前にきた。だが、飛び込むにはあまりにも鉄の大扉はわずかしか開かれてなかった。駿河屋の虎五郎の面構《つらがま》えをちらりと上目遣いに見ただけで、亮吉の報告を待つことにして下がった。

ぎいっ

と音がして大蔵の大扉が閉じられた。

そのとき、亮吉は真綿の包みが一杯に積まれた二階の床にいて、足音がしないように裸足のまま、真綿と真綿の間のせまい通路を進んでいた。

建坪四十坪余の大蔵は全面床張りで、東側の壁に四尺幅の階段が設けられ、床の真ん中に幅五尺四方の孔《あな》が開いていた。階段とは別に手すりもない孔から真綿の包みを投げ上げたり、投げおろしたりして荷上げや荷下ろしを素早く行うためのものだった。

亮吉はその孔の脇に寝そべり、顔をわずかに覗かせて見下ろした。一階にも真綿の菰包《こもづつ》みが入れられていたが、大扉付近は空いていた。

人質の村田屋の若嫁と孫娘ら四人の人質は、一階の奥の柱に体を縛《いまし》められて座らされていた。奉公人二人が斬られた事実を承知しているのか、四人には強い恐怖があった。

駿河屋の虎五郎一味は一階の大扉付近に行灯《あんどん》をつけて車座になり、酒を飲み、食べ物を手づかみで食い始めていた。

浪人の得物《えもの》は大小の刀で、大刀は体の左側に引き付けて置いていた。駿河屋の虎五郎と思える壮年の男は、長脇差《ながわきざし》に短筒《たんづつ》を携帯していた。形からして異国から渡来した連発式の短筒と思えた。残りの二人の子分は長脇差と道中差《どうちゅうざし》だった。

亮吉は一階の配置図を描いて、それぞれの得物を書き添えた。

また縄を使い、一気に孔から下りれば、なんとか人質の側《そば》に行き、縛めを解く時間はなくとも、捕り方が飛び込んでくる間くらい、なんとか防いでみせる、そのためには得物がいると書き記した。そして、再び風入れの鉄扉に戻り、垂れていた麻縄の端に内部の様子とこちらの考えを記した紙を四つ折りにして結び付け、麻縄を何度か引っ張った。すると屋根の上の政次が引っ張り、亮吉の報告書を回収すると、月明かりで読みとり、その報告書を大蔵の下へと投げた。

大蔵の屋根の上と捕り方の間で何度か、やり取りが行われ、駿河屋の虎五郎が動き出す直前に、蔵の二階にいる亮吉が人質を守る作戦が立てられた。

こっこくと時が過ぎていく。

夜半九つ（午前零時）の時鐘が鳴った時分、二階鉄扉窓の内側にいる亮吉に短十手と二尺ほどの長さのこん棒が麻縄に結ばれて下げられてきた。

亮吉は得物を鉄扉の中に引き入れ、縄を解くと短十手を腰帯に戻し、こん棒を手にした、すると勇気が湧いてきた。その鼻先で麻縄がするすると屋根へと回収されたと思うと、大蔵の漆喰壁にまたなにかが下ろされる気配があった。亮吉が鉄扉窓より顔を覗かせると、なんと褌《ふんどし》一つの政次が最前亮吉の下りるのに使った麻縄より一回り太い綱にぶら下がり、鉄扉窓へと下りてくるとその枠に足をかけて足先から、体のあちらこちらを自在に動かしながら六尺を越えた長軀《ちょうく》を大蔵の二階へと入れてきた。

「若親分、なんとも大技を使ったな。屋根上にだれか助っ人が来たのか」

「そういうことだ」

政次が鉄扉の外に顔を出すと、もう一つ包みが下りてきて、回収された。それは政次の袷や帯で包まれた金流しの十手だった。蔵の外壁を下りるのに使った麻縄も蔵の中に引き入れられた。屋根の上に常丸ら金座裏の手先たちが応援部隊として上がっていたのだが、亮吉は知る由《よし》もない。

政次が素早く褌一つの姿から羽織なしの身仕度を終え、金流しの十手を背に斜めに差し落として、

「孔に案内しておくれ」

と命じた。

亮吉は麻縄を抱えると真綿の壁の間を進んだ。

一階から二階の天井へと丸太柱が通っていた。径一尺はありそうな丸太に麻縄の端を結びつけて、
ぎゅっ

と亮吉が引っ張って結び目をしっかりと固定して思わず、

「よし」

と呟いた。

「うむ」

と階下で訝《いぶか》る声がして、

「頭、二階で声がしなかったか」

と浪人の一人が虎五郎に発した言葉が二階の二人の耳にも達した。

「最前、調べたはずだな」

「風が吹き込んでくるのもおかしいぞ」

と別の声がした。

「確かめよう」

二階階段へと上る気配がした。

「須加《すが》先生、村田屋め、嘘を吐《つ》いてやがる。役人はまだ村田屋を囲んでやがる、となると、ここは逃げ出すのが先だ。一気に蔵を飛び出して裏口に廻り、楓川《もみじ》に留めた船に駆け込むぜ。銭袋は亥之吉《いのきち》、三次《さんじ》が手分けして持て。先に兼助《けんすけ》、おめえが蔵の扉を一気に開いて飛び出せ」

「人質はどうするよ、殺《や》っちまうか」

「嫁と孫娘の二人は船まで連れていこう。村田屋の親父はあれで曲者《くせもの》、役人を帰したといったが嘘っぱちだ」

「よし」

手配が決まり、駿河屋の虎五郎一味五人が動き出した様子が二階にも響いてきた。

政次は麻縄を抱えて孔に向かい、亮吉が続いた。

孔の前で政次の動きが止まった。

「やはり忍び込んでいやがったか、御用聞きか」

階段から総髪《そうはつ》の浪人が姿を見せて、腰の一剣を抜かんとした。

「亮吉、人質を頼む」

と抱えていた麻縄の束を孔に投げ落とした政次が背の金流しの十手を抜いた。

亮吉は太い麻縄が空中にある内から綱を両手に握り、大胆にも虚空に身を投げた。

「くそっ、村田屋伊兵衛、やっぱり騙《だま》しやがったぜ。構わねえ、手代を突き殺して女たちを連れて逃げ出すぜ」

と虎五郎が叫び、
ちらり

と虚空にぶら下がった亮吉を見た。そして、懐から異国到来の連発短筒を出すと亮吉を狙《ねら》った。

亮吉が機敏にも麻縄にぶら下がりながら、身を大きく振って宙に飛んだ。

ずどん！

と銃声が響いて鉄砲玉が発射されたが、亮吉の裾《すそ》を掠《かす》めて蔵の内壁に当たった。

どしん
と亮吉が飛び降りたのは、人質が縛られているのとは反対側の鉄の大扉の前だった。

「野郎！」

と大扉の閂《かんぬき》を外そうとしていた兼助の前に転がった亮吉に、兼助が長脇差を引き抜いて殴りつけようとした。だが、独楽鼠の亮吉のほうが動きは素早く、争いには長《た》けていた。立ち上がろうとはせず、ごろごろと転がりながら、腰の短十手を抜くと、強《したた》かに兼助の臑を殴り付けた。

「い、痛たたた」

とその場に蹲《うずくま》る兼助の傍らに飛び起きた亮吉は、内側の閂を外すと、

「親分！」

と叫んでいた。

四

「独楽鼠、ようやった！」

金座裏の宗五郎が走り寄り、鉄の大扉を大きく開いて、北町奉行所の小者たちが強《がん》盗提灯《どうぢょうちん》をいくつも突き出して大蔵の内部に照射した。すると亮吉が長脇差を抜いた兼助の首筋を短十手で殴り付ける光景が浮かんだ。

「てめえら、金座裏の独楽鼠を知らねえか！」

亮吉が後ろを振り返り、啖呵《たんか》を切った後、

「あっ！」

と悲鳴を上げた。

「どうした、亮吉、横に身を避けねえか」

宗五郎に命じられた亮吉が長脇差を兼助の手から奪い取ると、襟首《えりくび》を摑《つか》んで出入り口から横に引っ張っていった。すると、駿河屋の虎五郎が村田屋の孫娘のちえの頭に連発式の短筒の銃口を付きつけていた。

二階では浪人剣客須加武双《むそう》と政次が睨《にら》み合っていた。

須加は無限一刀流の遣い手で、手には刃渡り二尺五寸（約七十六センチ）余の大業《おおわざ》物《もの》がすでに正眼《せいがん》に構えられていた。

政次は金流しの十手を左一本に握って相対《あいたい》していた。

真綿の蔵の中だ。

一階から洩《も》れてくる行灯と強盗提灯の灯《あか》りが二人の対決を照らしだしていた。刀の切っ先と金流しの十手の先の間が四尺ほどか。幅は三尺余と狭かった。

どちらも動きを封じられての対決だった。

須加がゆっくりと正眼の刀を上段へと移していく。天井は高いので、上段からの斬《き》り下ろしの一撃にかけたか。

政次は動かない。

階下ではひと騒ぎが終わり、

「木《こ》っ端《ぱ》役人に御用聞きめ、道を空けねえな。それとも村田屋の孫娘の頭を南蛮渡来の短筒でふっ飛ばしてやろうか！」

と不敵にも威嚇する声が二階にも伝わってきて、

「須加先生、逃げ出すぜ！」

と二階の仲間に叫んだ。

「頭、一人始末するでな、待て」

「役人どもが蔵を囲んでいるんだ、長くは待てねえよ」

「なあに、ちょっとの間だ」

須加が応じて、上段の剣を垂直に立てた。

政次は須加が呼吸を整えるのを見ていた。

浪人者が息を静かに吸い、止めた。

「はっ」

と気合いを発した須加が上体を傾けて一気に間合いを詰めつつ、上段の大業物を振り抜いた。

政次も後《ご》の先《せん》で踏み込んでいた。

柄頭《つかがしら》から先端まで一尺六寸、重さは二百六十余匁《もんめ》あった。

相手の刃が政次の首筋に落ちてきた。政次の首筋を断たんとした刃を金流しの十手の棒身が受け止めた。須加の斬り下ろしの鎬《しのぎ》が摺《す》り合わされて、
すいっ
と政次の手元に滑りきて、鉤に刃が絡まった。両手の剣の圧力を片手の十手で受け止めた政次が臍下《せいか》丹田《たんでん》に力を込めて、踏み止《とど》まったばかりか、

ぐいっ
と押し戻した。

須加武双の体勢が崩れ、前かがみの上体が棒立ちになった。

政次が鮫皮《さめがわ》の柄《つか》にもう一方の手をかけると、さらに押した。

相手の腰が浮き上がり、よろめいた。

政次は一気に押し込むと、鉤に挟み込んだ須加の剣を突き放すようにして、動きを取り戻した金流しの十手の棒身の先端を相手の額に叩き付けた。

ぐえっ
という声を漏らした須加が後ろ向きに崩れ、階段から階下へと転がり落ちていった。

「須加先生！」

いま一度催促した駿河屋の虎五郎の眼の端に階段から転がり落ちてくる影が見えた。

「す、須加先生」

虎五郎が悲鳴を上げ、

「くそっ、こうなったら、なにがなんでも逃げるぜ。この娘の母親も連れてこい、三次！」

と命じた。

大蔵に残されようとしていた村田屋の若嫁の縛めを三次が道中差で切り、その刃を首筋にあてて、

「頭、いいぜ」

と言った。

「駿河屋の虎五郎、北町奉行所のお歴々が出役されているんだよ。その上、江戸開闢《かいびゃく》以来の御用聞き、金流しの九代目宗五郎親分が蔵前に控えていなさるんだ。短筒なんぞ捨てやがれ、きりきりお縄を頂戴しねえ！」

蔵の出入り口近くにいた亮吉が虎五郎を牽制《けんせい》した。

「ちび、てめえには驚かされたぜ。だが、驚くのはそこまでだ。駿河屋の虎五郎、楓川から江戸湊《みなと》に出たらよ、尻に帆掛けて江戸とはおさらばだ」

亮吉に吐き捨てた虎五郎が、ちえに当てていた銃口を、

ひょい

と離すと、蔵前を塞《ふさ》ぐ北町奉行所の小者たちと宗五郎らの頭上に向かって引き金を引いた。

ずどん！

と銃声が再びして、捕り方が身を竦ませた。

さすがに火縄式の和製短筒とは比較にならないほどの迫力の銃声で、北町奉行所の面々が思わず後ずさりした。その場に止《とど》まったのは寺坂毅一郎と宗五郎だけだ。二人して修羅場を潜り抜けてきた経験が豊かであった。悪党の脅しにいったん乗ってしまうと最後まで押し込まれることを承知していたから、その場に踏み止まったのだ。

虎五郎の手の銃口がちえの頭に戻された。

「あ、熱いよ、おっ母さん」

銃弾を放った銃身が熱を帯びていた。悲鳴を上げたちえが泣き出した。

「さあ、下がりねえな」

虎五郎は威嚇して、致し方なく宗五郎と寺坂が一、二歩後ずさりした。

政次はそのとき、再び褌一つの裸になり、通しの丸柱に結んだ麻縄を風入れの鉄扉窓から外に投げおろし、六尺褌に金流しの十手を挟みこんで窓外に投げた麻縄を頼りに大壁にぶら下がっていた。

夜風が吹いてきて、闇に白い雪のようなものが浮かんだ。満開になった桜の花びらが、どこからともなく村田屋の敷地に吹きこんでいた。

桜吹雪《ふぶき》の中、政次が大蔵の漆喰壁の高さ半分ほどに下りたとき、強盗提灯の灯りが

裏戸へと移動してきて、

「どけどけ、女二人のど頭《たま》を吹っ飛ばされていいのか！」

と虎五郎の威嚇する声が響いて、

「駿河屋の虎五郎さん、ああたとうちの仲ではないか。嫁と孫に危害を加えないでおくれよ。金子《きんす》は十分に店から奪ったろうが。それ以上は非情ですよ、冷酷無情ですよ」

と村田屋伊兵衛の哀願する声が応じて、

「うるせえ、いったんこの駿河屋虎五郎を怒らせた人間がどうなるか、とことん教えてやるぜ。江戸湊から無事に逃げだせればよし、女二人は佃島《つくだじま》に残していこう。だがな、金座裏の宗五郎なんぞがしゃしゃり出てきやがると、おれたちと一緒に三途《さんず》の川を渡って閻魔《えんま》の待つ地獄にまっしぐらだ、とくと覚えていやがれ！」

という怒声が響いた。

その直後、政次の眼下に虎五郎と思《おぼ》しき男が孫娘のちえの手を引き、南蛮渡来の連発短筒を頭に押しつけて姿を見せた。

政次は両脚を漆喰壁に立て、虎五郎の頭上に飛び降りようと考えて、行動に移そうとした。次の瞬間、一人の手先が長脇差の抜き身を若嫁のたえの首筋にあてて引きずりながら政次の真下に姿を見せた。一人で二人を一気に制圧しなければならなかった。

（どうすればよいか）

政次が迷ったとき、宗五郎の声が意外と近くでした。

「虎五郎、おめえも悪党ならば、女子供を人質にとるような真似をするねえ。この金座裏の宗五郎が許さねえ」

「うるせえ、金流しの十手を自慢げにして、のぼせ上がるんじゃねえ！」

虎五郎が叫んだとき、政次が漆喰壁に伸ばしていた両脚をいったん折り曲げると、こんどは一気に伸ばして屈伸の反動を利用して虚空に身を投げ、宙空で身を捻《ひね》った政次が虎五郎の背中に覆いかぶさるように飛びかかった。

あっ

と驚く虎五郎の短筒を構えた手を上方に撥《は》ね上げながら、しなやかにも身を捻って地べたに自ら身を転がした。

「く、くくっ」

虎五郎は意味不明な言葉を洩らしながら、政次に覆いかぶられて地面に転がった。

その反動で虎五郎の短筒の引き金が引かれたか、この夜、三発目の銃声がして、鉄砲玉が裏戸の方角に飛んでいった。

政次は長い両脚を小太りの虎五郎の腹に巻き付けて、回転すると馬乗りになって褌に挟んだ金流しの十手を抜き、未《いま》だ南蛮短筒を手放そうとしない手首を打ち据え、短筒を飛ばした。

宗五郎はそのとき、村田屋の嫁のたえの首に長脇差をあてた三次と向かい合っていた。

寺坂毅一郎は虎五郎に異変が起こったことを察して、閂に差した大刀を抜くと駿河屋虎五郎一味の二人目の用心棒浪人の佐野内仲蔵《さのうちちゆうぞう》に敢然と斬り掛かっていった。北町奉行所の包囲網を破って逃げ出すことを考えていた佐野内は不意をつかれて、抜き身を翳《かざ》して寺坂の不意討ちに抗そうとした。

だが、覚悟と勢いが違った。

直心影流《じきしんかげ》神谷丈右衛門《かみやじようえもん》道場仕込みの胴打ちが見事に佐野内の刃を弾《はじ》いて胴に食い込み、横手にふっ飛ばしていた。

北町奉行所の捕り方から、

わあっ！

という歓声が上がった。

宗五郎は、その歓声に三次の注意がそちらに逸れたことを見逃さなかった。

懐に忍ばせていた全長九寸二分、重さ七十三匁、柄の銀飾りに金丸の飾りがあり、

鉤もない短十手を懐から抜くと三次の顔面に、

「発止！」

と投げつけた。すると細めの棒身の先端が見事に鼻をぐしゃりと砕いて後ろに転がした。その勢いでたえも倒れたが、三次の体の上に乗ったので怪我はない。

宗五郎が投げた短十手を拾うと、起き上がろうともがく三次の肩口をもう一度打ちのめして戦意を喪失させた。その三次に北町奉行所の捕り方が折り重なって捕縄で縛り上げた。

宗五郎が短十手を手に、

「政次」

と呼びかけると、政次がちえを片腕に抱き、金流しの十手を駿河屋の虎五郎に突き付けながら姿を見せた。

褌一丁の雄姿を強盗提灯の灯りが照らし出し、

「おちえ！」

と喜びの声を上げた村田屋伊兵衛の声が響いて、政次の手から孫娘を抱き取った。

その行動が真綿問屋村田屋の大騒ぎが終わったことを告げ、大蔵の周辺に安堵の声が漂った。

「若親分」

亮吉が大蔵の二階に残された政次の着物を抱えてきて渡し、

「てめえには大番屋の調べが待ってるぜ」

と駿河屋の虎五郎に捕縄をかけた。

その間に政次が手早く袷を着ると帯を締めた。松坂屋の手代だった政次だ、着物を着るのも帯を結ぶのもお手の物だ。

金流しの十手を後ろ帯に斜めに差し落とし、羽織を着るといつもの政次に戻った。

その政次が大蔵の裏の地面に転がっていた米利堅《メリケン》国製造の輪胴《りんどう》式連発短筒を拾い上げると、大蔵の鉄扉の前に戻った。

「若親分、見事な働きであった。今宵《こよい》の一件、明日にもお奉行小田切《おだぎり》様に詳しく申し上げる」

吟味方与力の今泉修太郎が褒めた。

「今泉様、お奉行様には褌一丁の件、内緒にお願い申します」

政次が小声で願いながら、短筒を今泉に渡した。

ふっふっふふ

今泉と新堂孝一郎の与力二人が笑い出し、笑いが瞬《また》く間にその場に広がった。

「今売り出しの金座裏十代目の褌姿も見ものであったぞ。読売なんぞが聞きつけると、江戸じゅうがえらい騒ぎになろうな」

「新堂様、止《や》めて下さい。江戸の町を明日から顔を曝《さら》して歩けません」

「いや、却《かえ》って十代目の名が一段と上がるのではないか」

「今泉様、秋には子が生まれる私にございます。それだけはご勘弁下さいまし」

と必死で政次が願い、それがおかしいというので、また笑いが起こった。

「よし、大番屋に引っ立てよ」

今泉与力のひと声で駿河屋虎五郎一味が引き立てられ、怪我人は戸板に載せられて村田屋から運び出されていった。

「北町のご一統様、それに金座裏の宗五郎親分、お蔭さまで嫁と孫が無事に戻って参りました。この通り、お礼を申します」

村田屋伊兵衛が白髪《しらが》頭を下げた。

「村田屋伊兵衛、今晩の一件、白髪頭一つ下げて終わるもんじゃねえぜ。抜け荷の真綿と承知で駿河屋虎五郎から買い取っていた疑い、これで幕が下ろされるわけじゃねえ。おまえさんの調べも虎五郎の調べと並行して行われるから、そう思え」

「えっ、はい」

とどぎまぎと伊兵衛が動揺し、

「いえ、抜け荷を承知で買い取っていたなんて、虎五郎が苦し紛れに言い出したことにございますよ。うちでは真っ当な仕入れしかしておりませんでな。寺坂様、そこのところをご賢察願います」

「伊兵衛、定廻り同心の眼を節穴と思うてか。あれこれと噂は耳に入っているんだよ。それにこの騒ぎで番頭と手代が亡くなっているんだぜ。おまえさんが考えるほど世間は甘くはねえ。だがな、金座裏の縄張り内で長いこと商いをしてきたおまえさんだ、店の表から縄付きで出すのだけは許してやろう。いいかえ、明日から吟味方与力今泉様の厳しいお調べがあると覚悟せえ」

寺坂が伝法な同心口調の啖呵を切り、奉行所の小者に顎《あご》で命じて、村田屋伊兵衛の身柄が裏口から連れ出された。

ふうっ
と新堂孝一郎が安堵の息を吐くと、それに誘われたように、夜桜の花びらが舞いこんできた。

「今年も花見は行けずに終わりそうだ」

と今泉修太郎が呟いた。

第五話　猪牙《ちょき》強盗

一

桜の花は散り始めていた。そんな花びらが風に乗って金座裏《きんざうら》の縁側に舞い落ちてきた。

しほが真新しい白の麻縄に赤地の布を縒《よ》り合わせて拵《こしら》えた首輪を政次《せいじ》と亮吉《りょうきち》が菊小《きくこ》僧《ぞう》の首に巻いて、あんまり首を締め付けないように、かといってゆるゆるで首輪が抜け落ちないように調節して結び合わせた。

「よし、これで首輪はできた。迷子札も付けてある。これで家出しても、だれかが見付けてくれよう」

亮吉が言い切った。

菊小僧の迷子札は首輪にぶら下げられていた。しほが小さな木札の表に、

「金座裏飼い猫菊小僧」

と名前を書いて、もう一方には菊小僧らしい猫が十手《じって》を構えて捕物している姿を描いた。

「これで菊が何者かはっきりするぜ」

「もっとも菊小僧の場合は迷子になるんじゃなくて家出をするんですからね、金座裏に引きとめておく名案はないかしら」

しほが未《ま》だ菊小僧の行動に信用がならないという眼差《まなざ》しで飼い猫を見た。

首輪を付けられた菊小僧は不思議そうな顔で首を振って振り落とそうとしたが、首輪は抜けなかった。また木札が揺れるのが気に入らないのか、手足で掻《か》き落とそうとしたが、こちらもしっかりと首輪に迷子札は下げられていた。

菊小僧は、

ふうっ

と大きな息を吐いて諦《あきら》め、日だまりに丸まって落ち着いた。

「首輪をもっと早くさせとくんだったな」

「これからでも遅くないわ」

「しほさん、二度あることは三度あるかねえ」

「それればかりは勘弁してほしいな」

とひと仕事終えた政次が言った。

村田屋伊兵衛《むらたやいへえ》方の大騒ぎから数日が過ぎた朝のことだ。

「ともかく、この前の家出で菊小僧が懲りたのは確かよ。座敷か台所のどこかにいて大人しくしているもの」

「しほ、落ち着くのを祈るばかりだ、そうしないと」

「私がまた寝込むというのかえ」

とおみつが姿を見せた。その手には四尺数寸ほどの引き綱があって、

「菊小僧が外に関心を寄せるのは外の暮らしを知らないからですよ。私がね、朝夕と二度、菊小僧を連れて散歩をさせます。そうすれば菊小僧も外はこんなところか、やっぱり金座裏がいちばん居心地のいいところだと肝《きも》に銘じるはずですよ」

と言いながら、首輪に引き綱を結んで、

「菊や、朝の散歩ですよ」

と居眠りを始めた菊小僧を強引に起こし、抱え上げると玄関に向かった。

「しほ、散歩から帰って来た菊小僧の足を拭《ふ》くからさ、雑巾《ぞうきん》を用意しておいておくれよ」

と命ずる声が玄関の方角から聞こえて、散歩に出かけた気配がした。

「猫の散歩な、効き目があるかね」

「おっ養母《か》さんの得心がいくようにさせるしか手はないよ」

と亮吉の言葉に政次が応じ、

「私たちも町廻《まちまわ》りに出かけようか」

亮吉にいつもの調子でもの静かに促して玄関へと向かった。すると常丸《つねまる》らがもう仕度して待機していた。

この日、宗五郎《そうごろう》は八百亀《やおかめ》を連れて、稲荷《いなり》の正太《しょうた》のところに祝いに出かけていた。大所帯でいつも懐がぴいぴいしていた正太は、空っけつの正太とも呼ばれていたが、久しぶりに五人目の子が生まれ、また家計が苦しくなりそうだというので宗五郎が祝い金の名目で子の養育費を届けに行ったのだ。そこへ三代が同居してこちらも大人数の八百亀が、

「おれも行こう」

と同道を申し出た。

金座裏の若手組の政次一行は本町筋を東に下り、大伝馬《おおでんま》町から通旅籠《とおりはたご》町、通油町と両側のお店《たな》に声をかけながら巡回を続けていた。

通油町角の炭屋の備長屋《びんちょうや》で番頭が小僧らを指図しながら炭を鋸《のこぎり》で適当な長さに引き

切らせていたが、

「政次さんや、新右衛門町の村田屋さんでは大変なことが起こったたってね」

「ようご存じですね」

「だって、読売が若親分の褌《ふんどし》一丁で金流しの十手を構えた姿を絵入りで載せたもの、江戸じゅうが承知ですよ」

「どこから洩れましたかね。私は大恥を曝《さら》して見廻りしているようなものですよ。なんだか、だれからも見られているような気がしています」

「若親分、考え違いをしちゃいけないよ。身を曝して悪党を捕まえ、孫娘の命を救ったんですからね、今や金座裏の若親分政次の名は、一段と女子供の間に知れわたりましたよ」

普段は捕物などに関心を持たない娘子供が、絵入りの読売のお蔭で政次の名を知ったというのだ。

「冗談は止《や》めて下さいな、番頭さん」

「政次さん、冗談じゃございませんよ。若い娘はさ、あの読売を忍ばせていると政次さんのような婿がくると言い、腹ぼての若嫁は安産できるってんで、読売が飛ぶように売れたそうですよ」

「呆《あき》れた」

「呆れようとなにをしようと、ほんとの話です」

炭屋の番頭がいうところに三人連れの娘が稽古《けいこ》にでも行くのか、通りかかり、

「きゃっ、金座裏の若親分のほんものよ」

「あれ、読売よりずっと容子《ようす》がいいわ」

「私、政次さんの嫁になる」

「ばかね、もう政次さんにはしほさんって恋女房がいるのよ、おきんちゃん」

「ならばお妾《めかけ》になる」

と他愛《たわい》ないことを笑い合いながら政次らを見て通り過ぎていった。

「ほらねえ」

と備長屋の番頭が言った。

「いよいよ世間が狭くなりました」

政次は愕然《がくぜん》として炭屋の前を離れた。

「若親分、当分、女はあんな感じで見てますよ。時が過ぎてさ、忘れるまで待つしかないぜ」

「亮吉は気楽でいいよ、こっちは裸にならなきゃあ、あの風入れの鉄扉窓は出入りで

きなかったんだからね」

「若親分、そのお蔭でおちえって十一歳の娘の命が助かったんだぜ」

常丸が捕り方の務めは時に身を曝すことも要ると諭《さと》してくれた。

「それだけ金座裏の若親分の名が江戸に轟《とどろ》いたってことよ、気にかけることはねえよ」

と亮吉が言ったとき、一行は入堀に掛かる緑橋に差しかかっていた。

「おおい、金座裏の」

と水上から声が響いた。見下ろすと綱定《つなさだ》の船頭の一人市兵衛《いちべえ》だった。

「おや、市兵衛の父っつあん、いい陽気だな」

「独楽鼠《こまねずみ》、そんな呑気《のんき》なことでいいのか。柳橋《やなぎばし》の船宿鈴風《すずかぜ》じゃ大騒ぎだぜ」

「なにがあった」

「夜分に船を雇って吉原に行けって命じた二人組の男がよ、船頭の懐を狙《ねら》って、ついに殺しをやらかしたんだよ。おりゃ、たった今、柳橋から戻ってきたばかりだ。なんでも、骸《むくろ》が乗った船頭の猪牙舟《ちょきぶね》が竹屋ノ渡し下の寄洲《よりす》で見つかったとか、舟ごと柳橋に戻ってきたところに行き合わせたのよ」

「畜生、川向こうで頻繁《ひんぱん》に繰り返されていた船頭の懐を狙う野郎がついに牙《きば》を剝《む》きやがったか」

亮吉が市兵衛に応じて、政次たちは緑橋を走り渡ると通塩町から横山町を一気に抜けて、両国西広小路に出た。

まだ朝の間で雑踏はできていない、朝市の野菜屋の前に女たちが群がっているくらいだ。

一行は浅草御門と下柳原同朋町《しもやなぎはらどうぼう》の間を神田川に抜けて、河岸道《かしみち》を河口へと下った。

船宿鈴風は柳橋の手前、神田川の右岸にあった。人だかりがして御用聞きの姿がすでにあった。

浅草聖天町《しょうでん》の初蔵《はつぞう》の手先のようだった。初蔵は山谷堀界隈《さんやかいわい》を縄張りにした初老のご用聞きだった。

「ご苦労に存じます」

と政次が挨拶《あいさつ》し、

「私どもにも事情をお聞かせ下さい」

と願うところに鈴風から聖天町三代目初蔵が姿を見せて、

「おお、金座裏の若親分か、あれこれ活躍なによりだ。九代目も安心して隠居ができるな」

「初蔵親分さん、まだまだ駆け出しにございます。宗五郎には今しばらく頑張って貰《もら》わねば、一人前の御用聞きには到底なれそうにもありません」

「そういうが、昨日も読売でおめえさんの裸一貫の手柄を読ませてもらったばかりだ。吉原じゃ、女郎どもがおめえさんの姿に惚《ほ》れぼれしたとか、吉原に行ってみな、張見世《はりみせ》の格子の間から手が何本も伸びてきて直《す》ぐには金座裏に戻してくれめえぜ」

「親分、ご冗談を」

「冗談じゃああるものか」

聖天町の初蔵は、

「人はいいが話し好き、いささか口が軽い」

と評判の親分だ。

「親分さん、私のことより鈴風の船頭さんが二人組の猪牙強盗に襲われ、命を失《な》くしたというのは真《まこと》でございますか」

政次が矛先を御用に変えた。

「おう、川向こうで猪牙強盗を繰り返していた野郎どもが、どうやらこちらに鞍替《くらが》えしたようだ。今朝は靄《もや》が立っていたんで、竹屋ノ渡しの寄洲に船頭もいない猪牙が流れついているのが通りがかりの荷船の船頭に見付けられたのは、今から一刻半（約三時間）とちょい前のことだ。うちにご注進があったんで船を出してみると、猪牙の胴の間に筵《むしろ》がかけられ、こんもりと盛りあがっていた。おれは、ああ、まずいと思ったね。血の臭《にお》いもしていたし、桜の花びらが散った筵の下は仏様じゃねえかと勘が働いたのさ」

「さすがは長年御用に関わっておられる親分さんですね、見習わなければなりません」

「金座裏のおめえさんに褒められるほどのこともねえ。筵を剝《は》ぐと案の定、船頭が転がってやがった。懐を調べたが持ち物はなにもねえ、だが、うちの手先が柳原の船宿の船頭代之吉《よのきち》と知っていたんでな、直ぐ身許《みもと》が知れた。そこで御用船に猪牙を引かせて河岸に寄せようとすると、ちょうど吉原に出勤途中の南町奉行所隠密廻《おんみつまわ》り同心片瀬《かたせ》源三郎《げんざぶろう》様が船を寄せてこられて、早々に検視をなされて、川向こうで頻発する猪牙強盗とご判断なされたというわけだ。そんなわけで、片瀬様は身許が割れているのなら、柳原の船宿に戻せ。そこで改めて南町の検視を受けろと仰《おつしや》ってな、こうして鈴風に運んできたところだ。まあ、月番は北町だが、片瀬様が最初に立ち会われた経緯もある、南町から鑑札を貰っているおれたちだが、この猪牙強盗の探索に走り回ることになりそうだ」

と初蔵が説明した。

「もはや南町のご検視はお見えにございますか」

「知らせてはあるが、まだだ。金座裏が仏を見るんなら今の内だな」

と言った。

「親分、あれこれとご配慮有難う存じます。柳原界隈は昔からうちの縄張りと言ってもよい場所にございます。私どもも鈴風に挨拶して、仏様を調べさせてもらいます」

応対した政次は常丸らを従えて、鈴風の船頭の代之吉の亡骸《なきがら》を調べるために鈴風の暖簾《のれん》を潜《くぐ》り、土間に入った。すると驚いたことに骸は座敷に上げられて、女たちの手で清められようとしていた。

「女将《おかみ》さん、大変なことになりましたね」

と政次が声をかけて、

「仏を清めるには南町の検視を待ったほうがようございましょう」

「金座裏の若親分、だって聖天町の初蔵親分が、南町の同心の検視を現場で受けているからいいと言ったのよ」

と女将のお玉《たま》が応じた。

「南町の定廻り同心が見えられたら、お叱《しか》りを受けるかもしれませんよ」

と慌てて湯灌《ゆかん》をしようとした手を止めた。

「そうかね」

「私どもにも見せて下さいまし」

政次はそう断ると座敷に上がり、寝床に寝かされた代之吉の死因を調べた。

代之吉は壮年の船頭で、がっちりとした体付きをしていた。突き傷が何箇所もあって、代之吉の両手にも抵抗したときについたと思える切り傷突き傷がいくつも残されていた。

「女将さん、下手人はこちらから猪牙舟を雇ったのでしょうかね」

「いえ、それがね、代之吉がうちから乗せたお客様はお馴染《なじ》み様で、小名木《おなぎ》川万年橋際の霊運院の和尚《おしょう》様で、五つ（午後八時）の刻限に大川を渡ったんですよ。だから、どうみても往来に一刻（約二時間）とはかからない。それが四つ（午後十時）になっても九つ（午前零時）を過ぎても戻ってこないので、万年橋辺りで次の客にせがまれて今戸橋まで乗せていったんじゃないかと思うんですよ」

綱定の市兵衛の話とはだいぶ違っていた。

「とすると、代之吉さんの懐にはどれほど金子《きんす》がございましたかね」

「うちは一日分の稼ぎの清算を次の朝にする決まりでしてね、代之吉は昼前の四つ時分から働いていたからさ、馴染み客の心付けを加えて、三分《ぶ》ほどは持っていたんじゃないかね」

「女将さん、一日の稼ぎとしてはなかなかですね」

「佃島《つくだじま》の白魚漁師の面々を吉原から佃島に送り届けたと言っていたから、それくらいの稼ぎはあったと思いますよ。あの連中は気風《きっぷ》もいいし、払いも派手だからね」

「それにしても三分の金のために命を奪うとは許せません」

「代之吉は独り者でね、仕事が道楽というくらい船頭仕事が好きだったんだよ、だから、十七、八年の稼ぎはそれなりに溜《た》めていたんじゃないかね」

「女将さん、その金子は帳場に預けてございますので」

「いや、代之吉は主《あるじ》といえども他人を信用しない口でね、裏の長屋のどこぞに溜めこんでいたと思えるよ」

　と言い切った。

　政次は代之吉の鬢《びん》に張り付いた桜の花びらを見ていた。聖天町の初蔵は、仏にかけられていた筵にも桜の花びらが散っていたと言った。

「女将さん、代之吉さんの長屋はお調べになりましたか」

「いえ、そんなことはしませんよ」

と女将が顔を横に振った。

「女将さん、すみませんが長屋を見とうございます、立ち会って頂けませんか」

「川向こうで流行《はや》る猪牙強盗に代之吉は殺されたんじゃないのかね、長屋と関わりがありますかね」

「私どもの仕事はなんでも調べるのが役目にございます。代之吉さんの長年の稼ぎが見つかればよし、その折、その金子はどなたに渡ることになりましょうか」

「だって独り身だよ、だれに渡るんだろうね」

女将のお玉が首を捻《ひね》った。そのお玉を連れて政次一行は船宿鈴風の下柳原同朋町裏の長屋に向かった。吉川町の米屋信濃屋喜作《しなのやきさく》方の家作の長屋は、九尺二間《くしやくにけん》の棟割《むねわり》長屋であった。

一番奥の長屋の腰高障子を引き開けると、男所帯にしてはきちんと片付けられていた。たしかに女っけはある風もなく、竈《かまど》を使った跡もない。

「代之吉に限らず船頭は稼ぎがいいからね、自炊なんてしませんよ。どこぞの飯屋で三度三度のまんまは食べていたと思います。酒だって、他人から奢《おご》られる酒ならばいくらでも飲みますけど、自分の懐の紐《ひも》をお酒代のために緩めるなんてことはありませんでした」

「女将さん、調べさせてもらいます」

どうぞ、とお玉が入口の狭い土間に立ち、政次、常丸、亮吉らが狭い長屋に上がり込み、手際よくきちんと片付けられた夜具《やぐ》や少ない調度品を調べたが、どこからも金子は出てこなかった。

「女将さん、代之吉さんは大金を置いた長屋の戸締りをすることなく、一日長屋を空けていたんでございましょうか」

「そういえば何か月か前、泥棒に入られそうになったとか、物騒だとぼやいてましたよ。あいつ、ケチなわりに迂闊《うかつ》者だからね」

政次はしばらく思案していたが、

「女将さん、代之吉さんは溜めこんだ金子を身につけていたんじゃございませんか。となると、昨日の稼ぎの三分足らずばかりを奪われたわけじゃない。十数年の稼ぎすべてを奪われたとも考えられる」

「なんてことが」

とお玉が呻《うめ》いた。

代之吉の死に物狂いの抵抗はそのことを示していないか、政次はそう考えていた。

そこへ、

「女将さん、南町のお役人がお見えになりましたよ」

と女の声が戸口でした。

二

政次らは南町奉行所の検視の役人と顔を合わせることを避けて、代之吉の長屋から同朋町の路地裏を抜け、柳橋に出た。

「若親分、どうするね。今のところ、南町に一歩先んじられているぜ」

亮吉が政次に問うた。

「亮吉、すまないが寺坂《てらさか》毅一郎《きいちろう》様に会い、事情を告げてくれませんか。月番は北町です、いくら吉原の面番所に向かう隠密廻り同心が代之吉の骸を乗せた猪牙が岸に引き寄せられるところに行き合わせたとはいえ、非番の南町に先んじられるのは北町の体面にも関わりましょう。こちらも急ぎ、態勢を整えて代之吉を殺した猪牙強盗を捕まえねばなりますまい」

「合点だ」

と応じた亮吉が、

「若親分はどうするね」

「竹屋ノ渡し下の寄洲を調べようかと思います」

「寄洲で殺されたと思われるか」

「いえ、寄洲で殺したのなら、奴らは舟を用意したことになります。これまでの二人組の所業にそんな話はございません。となれば、代之吉さんが殺されたのはもっと上流、今戸町か、せいぜい橋場町の岸辺と見ました。骸を覆った筵に桜の花びらが散っておりましたし、代之吉さんの鬢にも花びらが張り付いていました。殺された近くには必ず桜の木があるはずです。その辺りから探索を始めます」

「心得た」

と応じた亮吉が、柳橋から北町奉行所のある呉服橋へと駆け出していった。

政次は亮吉の姿が消えた後も、しばらく柳橋の上で思案していた。それを常丸、手先見習いの弥一《やいち》が黙して待っていたが不意に弥一が声を上げた。

「あっ、彦四郎《ひこしろう》さんだ」

政次と常丸が顔を水上に向けると、大川から神田川へと一艘《そう》の猪牙舟が入ってきて、大きな体の船頭が櫓《ろ》をゆっくりと漕いできた。

「さすがに彦四郎です、こちらの足を心配してくれたようですね」

と政次が満足げに笑った。

「市兵衛の父っつあんが教えてくれたんだ。間に合ったか」

水上から声がして、政次らは柳橋下の船着場に急いで下りた。すると、そこへすうっと猪牙舟が寄ってきて、政次ら三人は飛び乗った。心得た彦四郎が舳先《へさき》を神田川の狭い川幅の中で巡らした。

「どこへ行くよ」

「山谷堀河口より上で、岸辺に桜のあるところを探したいのです。彦四郎、そのような岸辺を知りませんか。鈴風の船頭の代之吉さんは、その界隈で殺されたと考えられるんですよ」

ちょいと考えさせてくんな、と願った彦四郎が、

「寄洲に猪牙は流れ着いたそうだな、殺された船頭は変わり者の代之吉さんだったか」

と話の矛先を変えた。

「船頭仲間では変わり者で通っておりましたか」

「なにしろ独り者、金を溜めるのが道楽で、一文だって使うのが嫌いという船頭だ。あいつさ、吉原に毎日のように客を送っていきながら、吉原の大門《おおもん》を潜ったことは絶対ないぜ」

「代之吉さんには私どもの知らない、なにか企《くわだ》てがあったかもしれませんよ」

「金溜めて、なにに使う気だったかね」

「さあてそれは未だ分かりません。ですが、代之吉さんが十数年かけて溜めこんだ大金はかなりの額になっていたと思われます。それが少なくとも長屋のどこからも出てきませんでした」

「なにっ、親方か女将さんに預けてなかったのか」

「いないそうです。長屋を調べても見つからないところを見れば、身につけていたかもしれません」

「ということは、二人組が代之吉さんの溜めこんだ大金を盗んでいったということか」

「どうやら、そのようです」

政次と彦四郎が会話を交わしていると常丸が、

「若親分、南町の連中が柳橋の上からこちらを見ていますよ」

と教えた。振り向くと春の陽射《ひざ》しの中に巻羽織の同心と小者《こもの》たちがこちらを睨《にら》んでいるのが見えた。

「この一件、南町が最初に唾《つば》を付けた、手を引けとでも言いにきたかね」

と常丸が呟《つぶや》き、彦四郎が猪牙舟を大川へと漕ぎ出し、上流へと向けた。

「これで南と北の争いになりましたね」

「若親分よ、この一件ばかりはうちでお縄にしたいや。おれの仲間が次々に襲われ、ついには代之吉さんが襲われてよ、大金を奪われた上に殺されたんだからな。なんとしても猪牙強盗の二人組を捕まえてくんな」

彦四郎が願った。その言葉に頷《うなず》いた政次は、御米蔵の五番堀と四番堀の間にある首《しゅ》尾《び》ノ松に視線をやりながら沈思した。

「常丸、代之吉船頭が殺された一件、どう見ます」

政次がしばしの沈黙を破って、手先だが金座裏では先輩になる住み込みの兄貴株に聞いた。

「そうなんだ、若親分。おれもな、決めつけていいかどうか、気になってな」

「ですね」

と二人が謎《なぞ》めいた会話を為《な》した。それに痺《しび》れを切らしたのが手先見習いの弥一だ。

「若親分、常丸兄さん、話が見えないよ」

「見えないか。まず自分の頭で考える、それが御用聞きの初歩だ」

常丸が弥一に命じた。直ぐに教えると、自分で考えることをしないで親分や先輩株の考えに頼ることになる。それを常丸は弥一に教え込むためにそう言ったのだ。

「うーむ、決めつけるって、なんだろう」

「ああ、そうか」

弥一の自問に彦四郎が頷くように声を上げた。

「あれ、彦四郎さんも分かったのか」

「おりゃ、確かに金座裏の手先じゃねえ。だが、捕物の現場にゃあ、弥一とは比べもんにならないくらいに出張《でば》っているからな、おめえと年季が違うよ」

「ならば教えてよ」

「若親分が口にしないものを、おれが言えるものかどうか考えろ」

意地悪、と呟いた弥一が腕組みして考える振りをした。

「とすると事情を知った者、つまりは代之吉が大金をいつも身につけていると承知の者が企んだということにならないか」

彦四郎が政次に言った。

「彦四郎、変わり者と言われた代之吉に、私とおまえさんのような間柄の幼馴染みや友達がいましたかね」

「うーむ、おれも噂しか知らないから迂闊なことは言えねえ。だが、まずそんな仲間がいたとも思えないよ。だいいち、代之吉兄いは江戸もんじゃあるめえ。たしか野州《やしゅう》の在だぜ、生まれは」

　彦四郎が言った。

「南町の連中が姿を見せたのでね、詳しく鈴風の女将さんに尋ねる間がありませんでした。この辺はあとで鈴風に念を入れる必要がありますね」

　と政次が自らに言い聞かせるように言い、

「分かっている事実を整理してみましょうか」

　と常丸らに言いかけた。

「川向こうで頻発している猪牙強盗と、こたびの代之吉さん殺しは同じ下手人の犯行ですか」

「若親分、おれの勘じゃ違うな」

「彦四郎に賛同する」

　と常丸が言い、政次が大きく頷いた。

「わ、分かった」

　と弥一が叫んだ。

「なにが分かったんだ、小僧」

と常丸が弥一に聞いた。

「だからさ、違うんだよ。川向こうと鈴風の船頭さんが殺された一件は、川向こうに似せようと企んだことなんだ」

「よう思いついた。亮吉よりものになるかもしれないな、弥一は」

「ちえっ、常丸の兄さん、独楽鼠の亮吉さんと一緒にしないでよ。おれの手本は亮吉さんなんかじゃないんだよ」

「志は高いってか。だれだ、その手本は」

「おれか」

彦四郎が櫓を漕ぎながら笑って聞いた。

「彦四郎さんは捕物には詳しいけど、金座裏の人間じゃないもの」

「とすると常丸さんか」

違う、と言った弥一がちらりと政次を見た。

「弥一、亮吉の表面だけであれこれと評価してはなりません。亮吉は、私やおまえが学ぶべきことをたくさん経験してきたのです」

「あ、若親分、そんなつもりはなかったんだよ。おれだって亮吉兄さんのことは好きなんだよ」

「ふっふっふ、だが、認められないってか」

「彦四郎さん、もう」

彦四郎のからかいに弥一がふくれ面《つら》をしたとき、猪牙舟は浅草寺《せんそうじ》領六軒町河岸地に近づき、隅田川の流れを分断する寄洲が見えてきた。

心得た彦四郎が猪牙舟の舟足を落とし、葦《あし》の生えた寄洲に沿ってゆっくりと遡上《そじよう》させた。舳先に立った常丸が、

「彦四郎、二番目の寄洲の間に人の足が踏んだ跡がいくつも残っているぜ、あの辺じゃないか」

と差した。

寄洲と寄洲の間に水路があって、その間から隅田川の本流が見えた。その水路に葦が折れ、人の足跡が乱れて残っていた。

「若親分、ここだよ、猪牙舟が流れついた寄洲はよ」

彦四郎が巧みに猪牙舟を寄せて、棹《さお》を川底に突き立て舟を止めた。

政次は乱れた寄洲を舟上から仔細《しさい》に眺めていたが、この界隈には桜の木は見えず、殺された現場は別だと教えていた。

「彦四郎、最前の公案は解けましたか」

公案とは禅宗で悟りを開くために与えられる問いのことをいう。

「公案ね、岸辺に人が寄っていこうという桜の木はよ、金座下吹所の跡地に生えた老桜しか思いつかねえな」

「ならば、そこに案内しておくれ」

「あいよ」

彦四郎が川底に挿した棹を抜くと二度三度と棹を使って寄洲から舟を離し、櫓に替えて再び遡上を始めた。

山谷堀に架かる今戸橋口を過ぎて、いちばん大きな寄洲と今戸町の河岸道を漕ぎ上がると、金座下吹所の跡地が見えてきた。

金座下吹所とは御金改役《おきんあらためやく》役所の吹所の一で、吹屋と呼ばれる金貨幣製造所の下拵えの部門だ。

彦四郎はいつの時代にこの地に金座下吹所があったのか知らなかった。だが、この跡地には立派な老桜があって、花見時には見事な花を咲かせることを承知していた。

「あれだぜ、若親分」

櫓を操りながら彦四郎が差した先にこんもりとした桜の大木があって、満開の桜を風が吹くたびに散り舞わせていた。

「こんなところに桜の老樹があったとはな、知らなかったぜ」

と常丸も呟き、

「金座の跡地のさ、桜のせいか、並みの桜より神々《こうごう》しいぜ」

と言い足した。

常丸ではないが、政次もこの地にこのような見事な桜があるとは気付かなかった。

「桜って不思議な木だよな。ふだんはさ、他の木に紛れて気がつかないが、時節のその時だけよ、ほれ、見ておくれと言いたげに咲き誇ってさ、葉桜になるとまた元の地味な木に戻りやがる」

「彦四郎、いかにもさようです。過日も飛鳥山に行った折、ここを往来したはずなのに気付きもしませんでした」

「桜の凄みは一年に数日だ」

と応じた彦四郎が猪牙舟を老桜よりだいぶ離れた岸辺に着けた。

政次らは猪牙舟を下りて、老桜に岸辺から歩み寄った。

風が吹くたびにはらはらと舞い散る桜は、人の世が無限ではないことを教えて、侘《わ》びしくも物哀《ものがな》しい気分にさせた。それは代之吉の死が桜の散る風景と重なったからかと政次は考えた。

「若親分、岸辺に舟が乗り上げた跡があらあ、ああ、血だぜ」

常丸が岸辺に散った桜に交じって血潮があるのを認めていった。

「舟は一艘ではありませんね、それとも一艘が場所を変えて岸辺に乗り上げたか」

「いや、違うよ、若親分。一艘猪牙が乗り上げた横手に別の舟が乗り上げたんだろうよ」

と常丸が推量し、政次も頷き、政次は桜の花びらに染みた血の跡をその辺の土と一緒に回収して手拭《てぬぐ》いに包んだ。

「代之吉が柳橋の船宿を出たのは五つの刻限です。馴染みの霊運院の和尚を小名木川の万年橋まで送り、その帰りに客をあの界隈で拾い、この金座下吹所の跡地の桜まで送ってきたとしたら、彦四郎、この界隈に到着するのは四つ時分ですか」

と流れに猪牙舟を浮かべて、政次らの探索の様子を水上から眺める彦四郎に聞いた。

「まあ、そんな時分だな。今戸橋辺りまでは、吉原通いの舟の往来もあれば人もいる。だがな、この界隈は四つを過ぎると人影なんてないぜ」

「でしょうね」

と応じた政次は、それでも常丸と弥一に昨夜この界隈で怪しい物音を聞いた者がいないかどうか、聞き込みを始めることを宣告し、彦四郎は改めて猪牙舟を岸辺に止めた。

半刻後、政次らはなんの成果も得られないまま、彦四郎が待つ猪牙舟に戻ってきた。

「手掛かりはなしか」

彦四郎が政次らの顔色を読んで聞いた。

「彦四郎、お言葉どおりになにもなしだ」

「ふうーん」

鼻で彦四郎が返事をした。

「なんだか、彦四郎さんの小鼻が膨《ふく》らんでいるように見えるよ」

弥一が彦四郎を見ながらいった。

「弥一、魚を釣るコツはなんだ」

「魚釣りのコツだって。魚がいる場所に釣り糸を垂らすことだよ」

「当たり前の話だ。だがな、その先が肝心なんだ。魚影を見て魚を追わず、その場にじいっと我慢して待つことだ」

「なにかあったの」

「花見客を乗せた屋根船が鐘《かね》ケ淵《ふち》の帰りにここを通りかかったと思いねえ。今戸橋際の船宿の船頭で、おれの仲間の安三《やすぞう》さんだ。安さんは、昨夜あたかも四つ半時分に通りかかったそうな。するとな、一艘の猪牙舟がまず桜の木の下につけられてよ、客が一人ここで下りる体《てい》で立ち上がった。そのあと、もう一艘の猪牙が漕ぎ寄せられて、なにか言葉を交わしていたそうだ。安さんが流れの真ん中から見たのはそれだけのことだ。だがな、船頭は二艘目の船頭を知っていて、驚いた風があったというぜ」

彦四郎が言い、政次らは黙り込んでその意味を考えた。

「どうしたえ、役にも立たない話か」

「彦四郎、いつからそんな意地悪になったんだ。大手柄ですよ、礼を申します。いかにも私どもは魚影を追っかけ、散らしたのかもしれません」

と政次が素直に頭を下げた。

「というわけだ、弥一」

「こういうの、偶《たま》さかだよね、自慢するこっちゃないよね」

弥一の反撃は思いがけないことだったか、彦四郎が言葉を詰まらせ、常丸が笑い出した。

「まあ、そうともいうけどよ」

と、なんとか言葉を吐きだした彦四郎が、

「若親分、次はどこへ行くよ」

「小名木川、万年橋際に行ってくれませんか。代之吉さんがここまでの客を拾ったとしたら、あの界隈しかありません。刻限は五つ半時分、ひょっとしたら、だれか代之吉さんが客を拾ったのを見た人がいるかもしれません。こんどこそ彦四郎の教えに従い、魚影を追わずに気長に網を張りましょうか」

「弥一相手にえれえ説教を垂れたな。しっぺ返しがあちらこちらから戻ってくるぜ」

とぼやいた彦四郎が猪牙舟を流れに戻した。

小名木川と大川が合流する万年橋際には御船蔵があった。寺社地の御船蔵で、番人がいた。

彦四郎がまず御船蔵に猪牙舟を着けて、政次らは御船蔵の番人に昨夜のことを問うた。すると、

「霊運院の笙雲和尚を乗せてきた猪牙舟がどうしたかって。そりゃ、すぐに待ち受けていた客が拾ったさ」

「その客は待ち受けておりましたので」

「ああ、四半刻（約三十分）も前に別の猪牙で乗り付けて、それでこんどは別の猪牙

舟に乗り替えたんだよ。変な客だったな」

「一人でしたね」

「ああ、一人さ。その客が乗った猪牙の後を、客を乗せてきた猪牙舟が追っていったんだよ。奇妙な話と思わないか」

三

金座裏では神田川河口の柳橋に見張り所を設け、船宿鈴風の船頭七人の暮らしぶりを密《ひそ》かに監視し始めた。

政次らからもたらされた情報を宗五郎と寺坂毅一郎に伝えると、

「なに、代之吉の同輩が騒ぎに絡んでいるってか」

「となると、この一件、川向こうで繰り返されてきた猪牙強盗とは違うというのか」

と口々に聞いてきた。

「猪牙強盗に似せてはいますが、別の事件です。代之吉さんが大金を溜めこんでいると知っているのは仕事仲間しかおりますまい。女将さんも、代之吉さんが奉公して十七年余に溜めこんだ金子は四、五十両に上っていようと推測しておりました。この金子は悪さをなす連中が目につけるに十分な額とは思われませんか」

「だが、代之吉の同僚とは言い切れまい」

「小名木川の御船蔵の番人は、二艘の猪牙舟はよう似ていたと言うておりました。ですが、代之吉船頭が霊運院の和尚を送ってきた猪牙舟は灯《あか》りを点《つ》けていたのでよく見えたそうですが、二艘目の猪牙は無灯火で舟影が似ていたくらいしか確かめられておりません。ですから、代之吉さんの同輩が下手人の一味とは言い切れません。代之吉さんがケチで変わり者と周りの者も承知していたとはいえ、代之吉さんが霊運院の和尚をあの夜、万年橋まで送ることを承知している者がいるとしたら、やはり鈴風内部の人間と考えてよいのではないでしょうか。先回りして、仲間の一人を代之吉さんの戻り舟に乗せて今戸橋口まで送らせる、代之吉さんは仕事好き、金好きの船頭です、断るわけもない。その途中で行き先を変じて、金座下吹所の跡に着けさせた。そこへ代之吉さんの仲間が駆け付けてきて二人がかりで殺した。溜めこんだ大金を身につけていることを承知しているのは、やはりの身近な仕事仲間にございましょう」

「鈴風の女将にあたり、行状の悪い船頭、金に困っていた仲間を探り出すか」

と寺坂が提案した。

「寺坂様、まだだれと特定できていませんや。ここは政次の言うとおり、気長に船頭を見張って下手人と仲間を絞り込み、その上で鈴風の旦那と女将に相談する手順がいいかもしれません」

宗五郎が寺坂の策に異論を唱え、寺坂も、

「そうだな、こっちは代之吉殺しに集中して、川向こうの猪牙強盗は南町の連中に任せておくか」

と政次の考えに賛同をしてくれた。

そんなわけで神田川が大川と合流し、船宿鈴風の船の出入りが見通せる場所に荷船や猪牙舟を舫《もや》わせ、見張り所にした。いつものなりを変えた彦四郎や市兵衛の父っつあんに願い、政次らが釣り人や人足《にんそく》などに化けて、動きを見張ることにしたのだ。

だが、二日過ぎても三日過ぎても鈴風の船頭七人の動きに変わりはない。いつものような客を送り迎えする日々を過ごしていた。

一方、川向こうで頻発していた猪牙強盗も、このところなりを潜めていた。

「若親分、狙いが違ったかね」

亮吉が夜釣りの体で糸を大川に垂れながら、頬《ほお》かぶりして菅笠《すげがさ》をかぶった顔も動かそうとはせず尋ねた。

「いえ、こんどばかりは私の勘に間違いはないだろう」

と政次が言い切り、

「動き出さないのが、なによりの証《あかし》です」

と付け加えた。

だが、政次は内心、柳橋界隈の聞き込みでこれと言った人物が浮かばず、いささか不安にはなっていた。だが、熟慮した末に導きだした答えだった。ここで動揺すれば、手先たちの見張りが疎《おろそ》かになる。下手人が鈴風の周りにいるのなら、必ずその内動くと自らの考えを信じて、毎日扮装を変える苦心の見張りを続けていた。

異変めいた動きは、政次らが見張る大川と神田川が合流する鼻先で起こった。鈴風の船頭香助《こうすけ》が客を今戸橋の船宿に送り、空舟で柳橋に戻ってきた。この柳橋、山谷堀の船宿の往来は、

「吉原の客」

と相場が決まっていた。店が終わった大店《おおだな》の若主人や番頭ら、懐が温かい連中が猪牙舟を雇って吉原に乗り込むのは遊びの定番だった。

鈴風の提灯《ちょうちん》をぶら下げた猪牙舟が御米蔵の方角から流れに乗って下ってきたが、浅草下平右衛門町の河岸から人影独りが姿を見せて、
ひゅっ
と口笛を吹いた。すると空の猪牙舟の船頭が口笛の主を確かめていたが、舳先を向

け直し、

「兄い、当分は姿を見せない約束だったはずだ」

と小声で詰《なじ》った。その声が風に乗って、夜釣りをしながら見張りを続ける政次らの耳元に聞こえた。

「そういうねえ、ちょいとこっちにも都合があってな」

と言いながら人影が猪牙舟に飛び乗った。

「ちえっ」

と舌打ちが応じて、それでも舟を流れに戻して、政次らが暗闇で潜む彦四郎の苫屋《とま》根の荷船の前を横切ると、上流へと舳先を巡らした。

政次たちは荷船の後ろに隠していた彦四郎の猪牙舟に乗り移り、鈴風の猪牙舟を追った。

「驚いたぜ、あの声はまず下手人から外していいと太鼓判が押された本所《ほんじょ》入江町生まれの香助だぜ」

「香助は近々幼馴染みと所帯を持つって話だったね。入江町の船問屋に奉公する娘と祝言を挙げるって聞いたし、あの界隈でも真面目《まじめ》一辺倒と評判の船頭ということだ」

と亮吉はいささかあてが外れたって声音《こわね》で応じ、政次も正直驚きを隠せなかった。

先行する船宿鈴風の猪牙舟は流れの真ん中に出たところで、灯りを消した。だが、彦四郎はもはや視界の内に香助の舟を捉《とら》えて、十分に間合いを空けて追跡していった。

「本所に渡る気かね」

と亮吉が呟く。

相手の舟の動きを目に留めていた彦四郎が、

「あいつら、御蔵橋を潜って御竹蔵の内堀に入り込む気じゃないか」

と政次と亮吉に呟いた。

この夜、大川端の見張りは偶然にもむじな長屋の三人組であった。

御竹蔵と呼ばれるのは、対岸の八番堀に向かい合うようにある幕府の御米蔵だ。幕府開闢《かいびやく》当時、竹、材木蔵であったことから、本所界隈では昔ながらの呼び名、

「御竹蔵」

で通っていた。

だが、享保十八年（一七三三）に御米蔵に模様替えされていた。この御米蔵、本所亀沢町、南割下水《わりげすい》、南本所石原町の武家地に三方を囲まれ、西側は丹後宮津藩など大名屋敷、さらにその西側には大川の流れで塞がれた、広大な幕府の御用地だった。大川を挟んで右岸と左岸に幕府の御米蔵があるわけで、右岸の浅草御蔵前通には札差《ふださし》の

店が櫛比《しっぴ》して、諸国から集まる幕府の年貢米《ねんぐまい》を換金し、直参《じきさん》旗本御家人に年三回に分けて渡していた。だが、左岸の御竹蔵は右岸の御米蔵を補助するための御米蔵として使われていた。

この御竹蔵の出入り口が御蔵橋で、そこから一丁（約一〇九メートル）ほどは往来ができ、屋根船などが舫われていることがあった。むろん世間の眼を気にした男女の出会いの場として利用されていたのだ。客が情愛を交わす短い間、船頭は酒手《さかて》をもらってしばし姿を消すのだ。

彦四郎の予測どおりに香助の猪牙舟は御蔵橋を潜って、御米蔵の水路に入っていった。

彦四郎は御蔵橋の闇に自らの猪牙舟を止め、政次と亮吉が石垣をよじ登って御米蔵の役人の住む御長屋の壁の外、石垣との間の狭い通路ともいえない空間を這《は》い伝って香助の猪牙舟に接近していった。

「香助、約束が違わないか、奉行所の目も節穴ばかりじゃねえぜ。こっちは一刻でも早く高飛びしたいんだよ。野郎の金は見付けたろうな」

という小声が風に乗って伝わってきた。

「ああ」

と香助のふてくされたような返事が応じた。

「ならば、早く野郎の猪牙舟から取り出しねえな」

「御用聞きの眼が光っているんだよ、越中《えっちゅう》の兄い」

「なぜだ、殺されたのは代之吉だぜ。なぜ鈴風に御用聞きが目を付けているんだ」

「聖天町の初蔵は猪牙強盗を追っかけてやがるが、金座裏の面々がうちからなぜか離れないんだよ。それに代之吉の猪牙舟は旦那が遊ばせておくのも勿体《もったい》ねえてんで、新入りの船頭の五平《ごへい》が受け継ぐことになってよ、旦那直々に新入りに船頭のいろはを教えているもので、なかなか舟に近付けなくて」

「香助、おめえ、猪牙の隠し孔から代之吉の溜めこんだ小判を取り出して、猫糞《ねこばば》したんじゃねえよな」

「そんな馬鹿なことがあるか」

「おりゃ、賭場《とば》の借金で尻に火がついている。おめえは女と所帯を持つために、別の年増《としま》女に手切れ金を払わなくちゃならねえ。どっちにしたって、金がいることに変わりはねえ。一人だけいい思いしようなんて考えるなよ。おれたちは一蓮托生《いちれんたくしょう》なんだからな」

「ああ」

「どうする気だ」

と越中の兄いと呼ばれた仲間に催促された香助は、しばし沈黙して考え込んだ。

「たしかに、いつまでものんべんだらりとしてもいられねえや。兄い、猪牙強盗をもう一度やるか」

「ばか野郎、船頭の一日の稼ぎなんて高が知れていらあ。だからこそ代之吉の溜めこんだ大金に目を付けたんじゃないか」

「だからさ、今晩にも新入りの五平が仕事を始めるんだよ。うちの新入りが最初にやらせられるのは柳橋から今戸橋までの吉原通いの客の送り迎えと決まっていらあ。新入りが今戸橋から戻るところを寄洲で待ち受けて、五平を眠らせて、今晩こそ代之吉が造った隠し孔から小判を取り出そうって寸法だ。この前は灯りが消えて、どうにもならなかったものな」

「五平を殺《や》るのか」

「おれは顔を知られているもの。兄いが客になって一気にこん棒なんぞで殴ってよ、気を失わせるか」

「それも手だな。代之吉の野郎は騒ぎやがったもんな。一人殺すも二人殺すも一緒とはいえ、出来ることならば、穏便《おんびん》によ、事を済ませたいぜ」

「よし、話は決まった」

香助が石垣下に止めていた猪牙舟の舳先を巡らせ、御蔵橋の方角へと引き返していった。

政次と亮吉は狭い石垣上を後ろ下がりに戻り、彦四郎の猪牙舟に戻った。

「一体どうしたよ、あいつ、おれの猪牙に目をつけて、こんなところに猪牙がなんて呟いてさ、乗り込んでくるのかと思ったぜ」

と彦四郎が二人の友にぼやいた。

「およその事情は分かったぜ、彦、あいつら、今戸橋に向かったはずだ。追いかけるぜ」

亮吉に言われた彦四郎が、合点だと猪牙舟の舫い綱を解いた。

半刻後、彦四郎の猪牙舟は山谷堀が隅田川と合流するところに点々と形成された寄洲の一つに潜んでいた。

香助の猪牙舟は、山谷堀口に止まって新入りの五平の舟を待ち受けていた。

「それにしても、ひでえ野郎があったもんだな。仕事仲間だぜ、付き合いが悪いとはいえ、兄貴分の船頭を殺して溜めこんだ金を盗もうって魂胆か。呆れたな」

彦四郎が憤怒《ふんぬ》の声で言い放った。

「世間は彦四郎のように、もっさりしている船頭ばかりじゃねえんだよ」

「亮吉、おれのどこがもっさりしているよ。なりが大きいからか、なりが大きいのは政次だって一緒だぞ」

「若親分とおめえの大きさは違うんだな」

「おい、それ以上四の五のいうと、これまで飲み食いさせた金を返してもらうぞ。大体な、おめえがおれのことをあれこれ言える義理か」

「わ、分かった、分かりました。彦四郎兄い、おれが悪かった」

「当たり前だ」

「おれだってよ、おめえの祝言には、これまでの飲み食い代に熨斗《のし》をつけてお返ししようと考えているんだよ」

「算段ついたか」

「それがまだだ」

「金座裏の給金はそれなりじゃねえか。なんでおめえだけがいつもぴいぴいしててよ、財布の中に空っ風が吹いているんだ。いつまでたったって、お菊《きく》を嫁にもらえないぞ」

「小便くさいお菊なんて、こっちから願い下げだ」

「よし、お菊に言っておこう」

「よせよ、彦四郎」

亮吉が言ったとき、政次が、しいっと制止して山谷堀口に注意を向けさせた。空の猪牙舟が大川に出ようとして河岸から呼びとめられた風で、思わず舟を寄せた。すると客が慣れた調子で飛び乗ってきた。そして、

「向こう岸に渡してくんな」

と命じたのか、新入り船頭の五平は惑いながらもなんとか猪牙舟を寄洲と寄洲の間に入れた。日中ならば竹屋ノ渡しの水路だ。

もさもさとした感じで寄洲に入れた猪牙舟の後ろから香助の舟が、
すいっ
と寄って来たが、新入りの五平は周りの動きに神経を向ける余裕はなかった。

「おい、ちょいと止めてくんな、小便だ」

と五平の客、越中の兄いがよろよろと立ち上がり、

「舟から小便か、汚さないでくれべえか、親方に叱られるだよ」

と新入り船頭が願った。

そのとき、香助の猪牙舟の舳先が、
ごつん
と五平の猪牙舟の艫《とも》にぶつかり、
「あっ」
と悲鳴を上げた五平が舟の胴の間に転がった。
その瞬間、
「待った！　てめえらの悪事はすべて金座裏の政次若親分と一の子分の独楽鼠の亮吉様がお見通しだ。神妙に観念しねえ！」
という啖呵《たんか》が急接近してきた彦四郎の舟上から飛んで、
「くそっ、香助、てめえ、岡っ引きを連れてきやがったな」
と叫んだ越中の兄いが懐から匕首《あいくち》を抜いて翳《かざ》した。その刃が彦四郎の灯した提灯の灯りに、
ぎらり
と輝いた。
政次が彦四郎の舟の舳先から五平の猪牙舟に飛び移り、
「越中の兄い、名はなんと言いますね。獄門台で名無しは困りますよ」

と静かな口調で言いかけた。

「てめえが金座裏の若僧か。よし、こっちが獄門台に上がる前に、てめえを地獄に道連れだ」

と匕首を翳して政次に突っ込んできた。だが、政次がそのときには背中の帯に斜めに差し落とした金流しの十手を構え、

「直心影流《じきしんかげ》赤坂田町《たまち》の神谷《かみや》丈右衛門《じょうえもん》先生直伝《じきでん》の小手《こて》斬《ぎ》りですよ」

と相変わらずの静かな口調で応じて、

びしり

と片手殴りの小手斬りで匕首を構えて突っ込んできた越中の兄いの右手首を叩くと、不気味な音がして骨が折れた。

「い、たた」

越中の兄いが匕首を取り落とし、折れた右手を反対の手で抱え込み、水に飛び込もうとした。だが、政次が間合いを詰めると二撃目を肩口に叩き入れて、

くたくた

と越中の兄いは胴の間に崩れ落ちた。

「残るは香助、てめえだけだ。てめえらの悪事の数々はこの亮吉様がとっくりと聞い

た。覚悟しねえ」

と短十手を構えて、香助の猪牙舟に飛び移ろうとしたとき、

「亮吉、こいつの始末はおれがする」

彦四郎が手に竹棹を構えて、

「やい、香助、船頭仲間にあっちゃあならねえ所業の数々、代之吉さんの敵《かたき》は、龍閑《りゅうかん》橋の船宿綱定の彦四郎様がとった！」

と宣告すると、目にも留まらぬ速さで突き出し、逃げ腰の香助の鳩尾《みぞおち》に強《した》かな突きが決まって、香助は舟から水中に転がり落ちた。

「ちえっ、若親分と彦四郎ばかり働いて、おれの出番はなしか」

亮吉がぼやいた。

「どぶ鼠、これでも綱定の張飛《ちょうひ》様の動きがもっさりしているか。なんなら、おまえも川ん中に突き落としてやろうか」

彦四郎が大きな体で胸を張り、竹棹を向けようとした。

「わ、分かったよ、彦四郎。あとで詫《わ》びるからよ、まずは香助を引き上げねえな」

と亮吉が願い、彦四郎が器用に猪牙舟を寄せて寄洲の間の水に浮かぶ香助の襟首《えりくび》を摑《つか》んで、大根でも引き抜くように水中から軽々と引き上げた。

四

翌日の夕暮れ前、亮吉は両国西広小路裏の小間物屋に注文していたとんぼ玉の簪《かんざし》を懐に、いそいそと鎌倉河岸の銘酒屋豊島屋《としまや》の暖簾《のれん》を潜った。

「あら、亮吉さんたら今日は早いわね、一人なの」

とお菊が聞いた。

「一人じゃいけないいか」

「いけないなんて言ってないじゃない」

「お菊ちゃん、ちょいと河岸まで足を運んでくれないか」

「どうしたの」

「大したこっちゃねえよ。頼みがあるんだよ」

亮吉が願うところに隠居の清蔵《せいぞう》が姿を見せ、

「どうした、亮吉」

「どうもしねえよ、お菊ちゃんをちょっとの間、八重桜のところまでお借りしたいんだが、いいかい」

「お菊を借りるだと。八重桜はまだ一、二分咲きですよ」

「桜なんぞ、咲こうと咲くまいといいんだよ」

「変な亮吉さんね、八重桜まで誘い出して悪さをしようって話じゃないでしょうね」

「まだ日が高いや。それに金座裏の手先が悪さしちゃ、様にもなるめえ」

「それもそうね、行くわよ」

お菊が今亮吉が潜ってきたばかりの暖簾を出て、鎌倉河岸を横切り、河岸道に御堀をはさんで譜代大名の屋敷と対面する八重桜のところに行くと、二人が向き合った。

「なにがあるの」

「黙ってさ、両目を瞑《つぶ》り、右手の掌を桜の幹にあててくんな」

「えっ、両目瞑って掌を木に触れだって。これって、しほさんが願いごとをするときにしていた仕草じゃない」

しほは、豊島屋に奉公していた時代に、苦しいことや悩み事があるといつも吉宗お手植えの八重桜の幹に手をあてて心中で祈っていた。父を不慮の死でなくし、独り暮らしを余儀なくされた折に、悩み事迷い事を八重桜に相談していたものだ。

「いかにもさようだ、いやか」

「いやじゃないけど、なんのためよ」

「四の五の言わずにやってくんないか。それとも、おれが信用できないか」

「亮吉さんを信用するって、だれが」

「ここにはおめえしかいないじゃないか」

「変な亮吉さん」

　お菊が言いながらも右手の掌を八重桜のごつごつとした幹に押しあて、

「あら、あったかいわ」

　と言いながら両眼を瞑った。

「瞑ったわよ」

「眼を開くんじゃねえぜ」

　亮吉の声が高ぶり、お菊は、

（なんだか、いつもの亮吉さんと違うみたい）

　と思いながら掌を幹に触れていると、落ち着いた気分になってきた。

（ああ、これがしほさんが感じていたものだ。そうか、老桜には木の精が宿っているんだ）

　とお菊は感じた。時にこうして八重桜と向き合うのも悪くないな、もっと早く気付くべきだったわと、掌に木の温《ぬく》もりを感じつつ、いい気分でいた。すると亮吉の気配が近づいてきて、髷《まげ》になにかが挿し込まれた。

「あ、い、いたいわ」

「ごめんよ、手元が狂った」

眼を開いたお菊の顔のそばに亮吉の顔があった。

「なによ」

お菊が頭に手を持っていき、挿し込まれたものを抜き取った。すると春の夕暮れの傾いた光がとんぼ玉の簪にあたって光った。季節外れの菊の花がとんぼ玉に描かれていた。

「どうしたの」

「どうもしねえよ。ちょいとな、知り合いの小間物屋に菊の花のとんぼ玉の簪をこさえてもらったんだよ。とんぼ玉は夏のもの、秋の菊とは合わないと抜かしたんだがな、無理に造らせた」

「これをどうするの」

「どうするって、おめえにやるんだよ」

「亮吉さんが私に」

「迷惑か、迷惑なら返してくれてもいいんだぜ」

亮吉の言葉に、お菊がしばし沈黙していたが、顔を横に振り、

「迷惑なんかじゃない。私の名の菊の花をとんぼ玉に描いてもらったのね。大事にする、ありがとう」

ああ、と答えた亮吉がお菊の顔から視線を御堀に向けた。すると彦四郎の舟がゆっくりと鎌倉河岸に近づいてきた。女客が乗っていて、なんとお駒《こま》とおかなだった。

「彦四郎、お駒さんの子を連れてきたか」

「お駒さんの子じゃねえや、おれの子だ」

「へえ、そうかえそうかえ。どおれ、おれが器量よしになるかどうか見てやろうじゃないか」

船着場に駆け下りる亮吉の背を見たお菊は、

(亮吉さんたら、あれで考えているんだ)

ととんぼ玉の簪を髷に挿し戻し、船着場に下りた。すると彦四郎の猪牙舟がゆっくりと横付けされて、亮吉が、

「お駒さんよ、おれにも兄弟分の子を抱かせてくんな」

と両手を差し出した。

お駒がちらりと彦四郎に視線をやって、頷く彦四郎を見て、腕のおかなを亮吉に渡した。

「おお、思った以上に愛らしいな」

「亮吉、てめえ、どう思っていたんだよ。どこのだれよりも可愛《かわい》いに決まっていらあ」

彦四郎がまるで実の娘のことのように請け合い、亮吉が不器用に腕に抱えたおかなをお菊が覗きこみ、

「きっと、お駒さんに似て美形になるわ」

「そうかね、ともかくよ、彦四郎の血は一滴も引いてないんだ、おかなはよ。だからおっ母さん似の美人に育っても不思議じゃねえや」

「亮吉、氏《うじ》より育ちってな、おれがおれに似た娘に育ててやるよ」

「ふうーん、今日は三人して豊島屋の田楽《でんがく》を食いにきたのか」

「お駒さんとおかなをおれの親父とお袋に会わせてきたんだよ」

「へえ、なんて言ったよ、頑固もんの親父がよ」

ふっふっふ、と彦四郎が思い出し笑いした。

「どうしたよ、気味の悪い笑い顔なんかしやがって」

「おれたちが訪ねる前は子連れの相手なんぞに会えるか、会うのは金座裏と綱定の女将さんが二人連れで、会うだけ会え、と言いに来なさった手前だなんて粋《いき》がっていた

ようだがな。会った途端に両手を出しやがって、おかなをおれの手から奪うようにとりやがってよ、お袋と二人交代で抱きっこよ、もうめろめろだ」

「よかったな、お駒さん、彦四郎」

「おう、有難うよ。亮吉、今日は好きなだけ飲んでいいぜ、おれの奢《おご》りだ」

「へえ、雨が降らないか」

そんな会話を八重桜のところから清蔵が眺め下ろし、

(むじな長屋の二人も、いよいよ年貢の納め時ですね)

と胸中で思い、

(今宵はなんとなく忙しくなりそうですよ)

と店へと引き返していった。


彦四郎と亮吉とお菊がおかなを抱いたお駒を囲むように豊島屋に戻ったとき、時候のせいか、いつもより豊島屋は客の来るのが早かった。

「あら、大変、しっかりと働かなきゃあ」

とお菊が大土間から台所に駆け込んだ。

「おーい、彦四郎、おめえらの席を空けておいたよ」

清蔵がおかなのために座布団を二つ合わせた寝床まで造った小上がりを指示した。

「豊島屋の隠居、春は思った以上に寒いからよ、手あぶりはねえか」

彦四郎が案じた。

「なに、手あぶりとは早くはございませんか」

と言いながら男たちがおかなのために席を設けた。

「おい、独楽鼠、近頃、顔を見せなかったな。若親分の供で江の島見物に行っていたってな」

お喋《しゃべ》り駕籠《かご》屋《や》の繁三《しげぞう》が暖簾を潜ってきて、亮吉に声をかけた。

「お喋り、江の島行きの話なんぞはもう古いや」

「となると猫探しの話か」

「菊小僧が失《う》せた話は金座裏界隈では禁句だよ」

と答えた亮吉が草履を脱いで小上がりに這い上がって座布団を自分で持ち出し、その上にちょこなんと座った。

「えへんえへん」

と声の調子を調えるともなく、皆の注意を引くともなく咳払《せきばら》いを繰り返して、大土間を見回した。

「光陰矢のごとし、桜の花の時節もまた時の流れとともに過ぎ去り、葉桜の時節を迎えております。白酒、田楽、下り酒が名物の豊島屋にお集まりのご一統様、このところ、金座裏の一の子分の独楽鼠の亮吉師は本業これ忙しく皆々様のご要望に応《こた》えることができませんでした。今宵は、最新作、柳橋の船宿を舞台にした船頭の代之吉殺しの長講一席を最後まで読み切りとうございます」

と一座を見回した。

だが、反応がまるでない。

「どうしたよ、二日前の大捕物だぜ。それも吉原近くの山谷堀と大川が交わる寄洲の一角で、むじな長屋の三兄弟揃い踏みの捕物だ。聞き応えがあるぜ」

亮吉の言葉に繁三が懐から四つに畳んだ読売を出して広げ、亮吉に突き付けた。そこには、

「金座裏の若親分、またも大手柄、仲間殺しに猪牙強盗をいっきょに解決！」

と大きな文字で事件が報道されていた。

「だ、だれがこんな読売にネタを売った」

「おまえじゃないのか、どぶ鼠」

「ばか野郎、金座裏の手先はな、おめえみてえなお喋りじゃねえや。おれがこちらで

講談を語るときには親分の許しを得てのことだ」

「つまりは、もう皆が知っている話を繰り返すんだよな」

「講談は話芸だ、騒ぎを知っていようと知っていまいと、はらはらどきどきさせる芸があるんだよ。忠臣蔵だってよ、だれもが話は承知だ。だがな、名人上手が語ると話の奥が深くてよ、何度聞いても涙あり、笑いあり、血沸き肉躍って面白いじゃねえか」

「おうさ、名人上手の講談師の話は聞きごたえがあらあ。だがよ、亮吉の話のどこが芸だ。おめえのは垂れ流しだ」

お喋り駕籠屋に言い返されて、亮吉がしょぼんとした。すると台所の縄暖簾を掻き分けてお菊が顔を覗かせ、

「あら、むじな亭亮吉さんの話を待っている人は大勢いるのよ。繁三さんが聞きたくなきゃあ、うちではなく余所《よそ》の酒屋さんに行って飲んだら。いっそこの辺がせいせいするわ」

と言い放った。

「な、なんだよ。お菊、おめえ、亮吉の肩を持つのか」

「仲間のことをひどく言う人は嫌いよ」

お菊に言い負かされた繁三が眼を白黒させて、

「き、兄弟、どうしてこういう風の吹きまわしになったえ」

「繁三、謝りな。泣く子と怒ったお菊にゃ、だれも敵《かな》わないよ」

とふだん無口な兄が弟を諫《いさ》め、

「お菊、すまねえ」

と詫びた。するとお菊が、

「私に謝ってどうするの、亮吉さんに謝りなさいよ」

と指で差し、予想もかけない展開に口も挟めなくなった亮吉がそわそわとした。それを清蔵と彦四郎がにやにや笑って見ていた。

「すまねえ、亮吉師匠」

「いいのか、おれが講釈やって」

「ああ、聞くよ。だって豊島屋で酒が飲めなくなったら、おれたち行くところねえもの」

繁三の言葉に嬉しそうな顔になった亮吉が座布団に座り直し、

「お菊ちゃん、ご助勢恐縮至極に御座候《ござそうろう》」

と嬉しそうに言うと、

「私に恥を掻かせないように、しっかりと務めなさい」

と喝を入れられた。

「ご一統様、改めてご挨拶申し上げます」

「挨拶は抜き、講釈に入りなさい」

とお菊に命じられた亮吉がはい、と素直に返答をして、

「このところ川向こうで猪牙舟に乗り、舟賃を払う段になると居直って船頭の懐の稼ぎを盗む騒ぎが続いておりました。ですが、これは一連の騒ぎの序の段でございましてな、柳橋のさる船宿の船頭、香助は近々祝言が決まっておりましたが、これまで馴染んできた年増女から手切れ金を脅されて、金子の算段をすることになりました。そこで賭場仲間の越中の兄いこと、越後無宿の楊三郎《ようざぶろう》と組んで、ことあろうに仲間の猪牙舟を狙って稼ぎを引《ひ》っ手繰《たく》る騒ぎを繰り返してきたのでございます」

と、ここで亮吉は彦四郎を振り返り、

「彦四郎、船頭の稼ぎは強盗が眼をつけるほどいいのか」

「船頭、駕籠かきは日銭仕事だ。だがな、一日分の稼ぎだ、懐に銭は入れているが、大した額じゃないさ」

「ということでございます。ましてお喋り駕籠屋なんぞは稼ぎに出ているよりも豊島

屋でとぐろを巻いていることが多うございますから、大した稼ぎではございません。そこで豊島屋さんに始終迷惑をかけております」

「おまえだってそうじゃないか」

と繁三に反撃された亮吉が、

「それを言われるとつらい」

と応じながら話を戻した。

「川向こうの猪牙強盗は朋輩《ほうばい》の貯めこんだ大金を奪うための伏線にございましてな、後々、ああ、あれも猪牙強盗の仕業かと思わせる策にございました。と申しますのは香助の朋輩代之吉さんは船頭歴十七、八年の老練にございまして、銭を貯めるのがただ一つの道楽にございます。それも奉公先の船宿の主にも預けず、常に身につけていたのでございます。ですが、猪牙強盗が横行するようなご時世に、代之吉さんは自分の猪牙舟の艫の部分に細工をして、貯めこんだ大金の隠し孔を設けて、そこへ入れていたのでございます」

亮吉はお菊が運んできた茶碗の茶で喉《のど》を潤し、腰に差した扇を抜くとぽんぽんと上がり框《かまち》を叩いて景気をつけた。

「さあて、騒ぎの夜、代之吉さんが馴染み客の和尚を小名木川の万年橋まで送って参りました。この和尚の送り舟は何日も前から決まっていたことにございまして、当然のごとく香助も承知。前もって越中の楊三郎に知らせ、万年橋で待ち受けさせて、代之吉さんの帰り舟にまんまと乗り込み、山谷堀に送れと命じながら、山谷堀に着くと、もう少し上まで行ってくれと願い、金座下吹所の跡地、老桜が咲く岸辺に着けさせたのでございます。そこで後を追ってきた香助と力を合わせて、なんと非情にも仲間の代之吉さんを殺したのでございます。だが、運の悪いことに提灯の油が切れて真っ暗の中で猪牙舟に隠した代之吉さんの隠し金を取り出せない。そのうち、上流から船が下ってきたりして、代之吉さんの骸を乗せたまま、現場から下流まで猪牙舟を運んで寄洲に放置してきたのでございます。つまり代之吉さんの大金は後日ゆっくりと取り出そうと考え直したそうな。だが、そうは問屋が卸しませんよ。金座裏の若親分と亮吉と、ここにある彦四郎の三人が代之吉さんを殺した楊三郎と香助をおびきだす企てをなし、代之吉さんの舟を譲り受けた新入り船頭五平さんの協力を得て、代之吉さんが殺された山谷堀近くの寄洲におびき出したのでございます。さあてそこでむじな長屋三兄弟の大活躍が幕を開けました、代之吉さんが貯めこんだ四十三両二分の大金はどうなったか」

ともう一度景気を付けようと白扇で上がり框を叩こうとした亮吉が見回すと、豊島屋じゅうの客が飲み食い、お喋りに夢中でだれも聞いている風もなく、傍らの清蔵まで居眠りをしていた。

「なんだよ」

と後ろを振り向くと、彦四郎とお駒はおかなを真ん中に談笑し合っていた。

「止《や》めた」

と白扇を放りだす亮吉に、お菊が微笑《ほほえ》みかけた。


同じ刻限、金座裏に乗り物が着けられて、二人の武家の客があった。応対したのは宗五郎と政次の二人だけだ。茶菓を運んだのはおみつとしほだった。

「ほう、ここが金座裏の本丸か」

と初老の武家が大きな神棚のある居間を見回した。そして、三方に載せられた金銀の十手となえしを見て、

「宗五郎、政次、こたびは世話になった」

と礼を述べた。

「それがし、肥前島原藩江戸家老を務めておった久世沼将監《くぜぬましようげん》、隠居名は松庵《しようあん》と申す。宗五郎、黙ってわれらが気持ちを受け取ってくれぬか」

と鎌倉の長谷寺《はせでら》近くに隠居所を構える久世沼松庵が傍らの武士、島原藩江戸屋敷目付佐竹富十郎《さたけとみじゅうろう》に相図した。すると佐竹が用意してきた袱紗包みを長火鉢の上に置いた。

「久世沼様、お気持ち遠慮のう頂戴致します」

宗五郎が二つ返事で受けた。

「さすがは九代目宗五郎、われらの真意を飲みこんでくれたようだ」

「久世沼様、敢《あ》えて申しますが、もはやうちではこたびの一件、なんの関わりもございませんし、手出しもしておりません」

「それで願う」

「江戸の一件は無事に終わりそうか」

と応じて、

「へえ、早乙女芳次郎《さおとめよしじろう》様は無事縁組が調い、いずれ若夫婦仲良く奉公に精を出されましょう」

「神藤《しんどう》家に三番目の婿どのを迎え、幸せの日々がくるとよいがのう」

「こたびの騒ぎ、姉妹ともども改めての幸多き船出の日になったかと存じます」

久世沼の言葉に宗五郎が応じて、

「久世沼様、ご安心なすって鎌倉にお戻り下さいまし」

と言い足した。

久世沼と佐竹が金座裏を辞去した後、

「政次、明朝、御弓町《おゆみちょう》の早乙女芳次郎様を訪ね、祝言の祝いがさるところから届いたと、この袱紗包みを届けてこい。早乙女家の当主は吝嗇《りんしょく》と聞く、次男の婿入りに持参金もそう持たせまいからな」

と命じると、

「はい。畏《かしこ》まりました」

と政次が受け、包みを長火鉢の上から神棚に載せると、菊小僧が待っていたように猫板に飛び上がり、

「みゃう」

と満足げに鳴いた。

本書は時代小説文庫（ハルキ文庫）の書き下ろし作品です。

文小時
庫説代
さ 8-38

春《はる》の珍事《ちんじ》 鎌倉河岸捕物控《かまくらがしとりものひかえ》〈二十一《にじゅういち》の巻《まき》〉

著者 佐伯泰英《さえきやすひで》

2012年11月18日第一刷発行

発行者 角川春樹

発行所 株式会社 角川春樹事務所
〒102-0074 東京都千代田区九段南2-1-30 イタリア文化会館

電話 03(3263)5247[編集] 03(3263)5881[営業]

印刷・製本 中央精版印刷株式会社

フォーマット・デザイン&シンボルマーク 芦澤泰偉

ISBN978-4-7584-3698-4 C0193
http://www.kadokawaharuki.co.jp/[営業]
fanmail@kadokawaharuki.co.jp[編集] ご意見・ご感想をお寄せください。